온후 판타지 장편소설
WISHBOOKS FANTASY STORY

전장의 화신

전장의 화신 4

온후 판타지 장편소설

초판 1쇄 찍은 날 | 2017년 5월 10일
초판 1쇄 펴낸 날 | 2017년 5월 16일

지은이 | 온후
펴낸이 | 예경원

기획 | 위시북스
편집책임 | 박우진
편집 | 이즈플러스

펴낸곳 | 예원북스
등록번호 | 제396-2012-000132호
등록일자 | 2012. 7. 25
KFN | 제1-101호

주소 | 경기도 고양시 일산동구 호수로 646-24 위너스21 II 빌딩 206A호 (우)10401
전화 | 031-819-9431 팩스 | 031-817-9432
E-mail | yewonbooks@naver.com

ⓒ온후, 2017

ISBN 979-11-6098-246-6 04810
      979-11-6098-099-8 (set)

온후 판타지 장편소설

WISHBOOKS FANTASY STORY

전장의 화신

전장의
화신

CONTENTS

18장
각성

무영이 떠나간 뒤 영지는 많은 변화를 이뤘다.

발탄의 지휘 아래 목조 건물을 쌓아올리고 던전을 탐험하며 필요한 부산물을 얻었다.

고작 100명이 안 되는 인원이지만 생존을 위해 서로가 똘똘 뭉쳤다.

살길은 스스로 찾아야 한다는 강박관념 같은 게 있었을지도 모르겠다.

'그럴 수밖에.'

아이린은 가죽을 햇볕이 잘 드는 건조대에 걸치며 고개를 저었다.

최악의 경우 영주가 돌아오지 않는 것까지 염두에 둬야 했다.

그 남자가 남긴 언데드로 말미암아 마을의 안전은 어느 정도 지켜지고 있었지만 이게 언제까지고 이어지리란 보장이 없었다.

언제 강력한 괴물이 쳐들어올지 모른다.

그런 요인이 사람들을 불안케 했다.

뭉치고 움직이게 만드는 동력도 되었으나 모두가 살기 위한 발악에 지나지 않았다.

아이린은 마을의 입구에 굳건히 서 있는 발탄을 바라봤다.

'발탄.'

그는 멀록의 독에 중독되어 생사를 헤맸다. 그런데 다음 날, 영주의 기사가 되었다.

아이린만은 마을 사람들이 모르는 진실을 알고 있었다.

'발탄은…… 죽었어.'

그녀는 발탄의 숨이 끊긴 걸 가장 먼저 눈치챘다. 한데 영주가 들이닥치고 발탄의 의식이 살아났다.

재차 눈을 뜬 발탄은 조금 더 과묵해지고 강해졌다.

전과는 비교할 수 없을 만큼.

설마 언데드로 만든 걸까 싶었지만 발탄은 기억을 고스란히 갖고 있었다. 아이린이나 사람들을 대하는 태도도 크게 달라지진 않았다.

마을을 필사적으로 지키고자 하였고 사람들을 위해 몸을 내던졌다.

아예 다른 사람이 된 하이데거의 경우와는 명백하게 달랐다.

'너는 정말 발탄인 거니?'

차마 묻지 못한 말.

몇 주가 지난 지금까지도 이 한마디를 건네지 못했다. 차일피일 미루다 보니 기약이 없어졌다.

아이린은 입술을 꽉 깨물었다.

오늘은 기필코 물어보리라.

하지만 역시 물어볼 수 없었다.

이번엔 내적인 요인이 아니라 외적인 요인 때문이었다.

"마을을, 비켜라! 그럼 목숨, 살려준다."

리자드맨 열댓 마리가 마을을 찾아왔다.

이족 보행을 하는 주제에 도마뱀의 얼굴과 몸을 가진 녀석들.

놈들은 마을을 보며 탐욕스런 눈빛을 보냈다.

새로 만든 각종 건축물이 리자드맨의 호기심을 자극한 모양이었다.

입구를 지키던 발탄이 천천히 허리에 손을 가져갔다.

촤악!

발탄은 그저 검을 들어 리자드맨의 목을 쳐 낼 따름이다.

크르르르!

리자드맨들이 이빨을 세웠다.

모든 걸 꿰뚫을 것만 같은 손톱이 한 뼘 넘게 길어지고 머리가 붉게 달아올랐다.

전투태세에 들어갔다는 걸 의미하며 이젠 더 이상 대화가 불가능해졌단 뜻이다.

툭. 툭.

하지만 그중 절반은 움직이기도 전에 쓰러졌다.

그림자 속에 숨어 있던 언데드들.

무영이 남기고 간 복수자들이 리자드맨의 뒤에서 나타나 암습했기 때문이다.

캬아아악!

남은 리자드맨들은 몸을 떨며 공격을 시작했다.

"내가 있는 한 어떠한 괴물도 영지를 침범할 순 없다."

발탄과 언데드들은 마치 한 몸이라도 된 것처럼 리자드맨을 상대했다.

영토 수호자 발탄!

무영에 의해 새로 태어난 그는 지키는 싸움에 특화되어 있었다.

문제는 다음 날부터 시작됐다.

그 리자드맨들이 끝이 아니었다는 것이 발목을 잡았다.

"너희, 갇혔다. 천천히, 말려 죽여주마."

다음 날 자신을 '리자드맨 킹'이라 소개한, 다른 리자드맨보다 족히 두 배 이상 커 보이는 거구의 괴물이 500의 숫자를 이끌고 마을을 찾아왔다.

　무작정 공격하지 않아서 고맙다고 해야 하는 걸까?

　리자드맨 킹이 떠나간 후 모든 마을 사람이 표정을 굳혔다.

　"젠장, 이대로 죽으라는 거로군."

　"어쩌죠? 저희만으로는 저만한 숫자를 감당 못 할 텐데."

　"리자드맨은 감각이 매우 좋지. 작정했다면 마을을 벗어
나긴 힘들어."

　"일단 리자드맨과 싸울 수 있는 사람들을 나눠봅시다. 이
대로 가만히 당하고 있을 순 없습니다."

　하지만 사람들은 포기하지 않았다.

　어차피 도망갈 길도 없었다.

　이곳은 마신의 땅.

　그들이 살아가긴 너무나도 척박한 곳이었으므로.

　또한 싸움은 시작됐고, 발탄이 가진 능력은 계속해서 지속
되고 있었다.

　수호의 함성.

　아군의 '강인함'을 올리는 그 효과가 사람들의 머리를 냉철
하게 만들었다. 리자드맨과 1:1을 벌여서 싸울 수 있는 사람
을 나누고 그 뒤를 보조하는 역할 또한 각자의 능력에 맞게
분배한 것이다.

　리자드맨 킹은 겁을 줘서 분열을 일으킬 작정이었겠지만
사람들은 더욱 똘똘 뭉쳤다.

겨우 얻은 안식처를 여기서 잃을 순 없었다.

"방법을 생각해 보죠."

"함정을 만듭시다."

"우리에겐 멀록의 독이 있습니다."

"가죽도 조금 남았어요. 이걸로 위장 전술을 펼칠 수 있지 않을까요?"

"오늘 바로 쳐들어올 것 같진 않으니 최대한 빨리 움직이죠."

리자드맨 킹의 계획은 완전히 빗나갔다.

괴물답지 않게 심리전을 펼쳤지만 사람들에겐 그것이 도리어 기회가 됐다.

느닷없이 500마리의 괴물이 쳐들어왔다면 버티지 못하고 순식간에 전멸했을 것이다.

하지만 하루라는 말미가 생긴 이상 최대한의 발악은 해볼 수 있었다.

키에에엑!

다음 날 100마리의 리자드맨이 마을을 덮쳤다.

하지만 아무리 감각이 좋은 리자드맨이라도 교묘하게 파 놓은 함정을 피해갈 순 없었다.

발을 들이자마자 열 마리의 리자드맨이 구멍에 빠지거나

강력한 독에 중독됐다.

그 위로 화살이 날아들었다.

팅! 티잉!

하지만 리자드맨의 피부는 두껍다. 목조 화살 따위가 통할 리 만무하였다.

리자드맨들이 혓바닥을 날름거렸다.

교묘한 함정이지만 한 번 당했다면 이야기가 다르다.

바닥에 최대한 감각을 집중하여 함정들을 피해갔다.

화살? 신경 쓰지 않았다. 눈만 조심하면 당할 리가 없다고 여겼다.

하지만 그 여유는 길게 이어지지 못했다.

화르륵!

일반 화살이 어느 순간 불화살로 바뀌었다.

"빨리! 빨리 기름통을 굴리라고!"

"연습한 대로 지정된 기름통에 불화살을 날려!"

멀록을 잡고 그 사체에서 짜낸 기름은 생활에 많은 도움이 됐다. 이처럼 수비 용도로 사용할 수도 있었다.

키릭? 키르륵!

주변이 순식간에 불로 점거되자 리자드맨들은 당황했다. 불에 대한 본능적인 공포는 이기기 쉽지 않았다.

실제로 몇몇 리자드맨이 불에 타 고통스럽게 죽어가고 있었다.

"지금이다! 공격하라!"

이때다. 발탄은 기회를 놓치지 않았다.

50여 명의 사람이 각자 무기를 들고 리자드맨을 공략하기 시작했다. 대다수가 영주인 무영이 놓고 간 무기였지만 성능은 나쁘지 않았다.

적어도 리자드맨의 비늘을 베어낼 정도는 되었다.

촤악!

차아앙!

온갖 소리가 사방을 메웠다.

기세에서 완전히 이겼기에 리자드맨들은 우왕좌왕했다.

이내 뒷걸음질 치며 도망가기 시작했다.

사람들은 무기를 하늘 높이 치켜들곤 환호하였다.

"이겼다!!"

"다신 오지 마라, 망할 도마뱀 놈들아!"

"캬아아악! 퉷!

승리란 언제나 달콤한 법.

그 두 글자에 취한 사람들이 연방 욕지기를 내뱉으며 얼싸안고 춤을 췄다.

하지만 승리의 달콤함을 매번 맛볼 수는 없는 노릇이었다.

리자드맨의 숫자는 총합 500여 마리. 수십을 줄였대도 400마리가 넘게 남았다.

그리고 리자드맨 킹은 조금씩 숫자를 늘리고 대처법을 익

혀서 사람들을 말라죽게 만들었다.

비록 지금까진 어찌 막아내고 있다지만 그것도 곧 한계에 부딪힌다는 걸 사람들도 은연중 알고 있었다.

'방법이 없을까?'

늦은 저녁. 아이린은 고민에 빠졌다.

'이대로는 힘들어. 오래 버티지 못할 거야.'

리자드맨만 죽은 게 아니다.

사람도 벌써 열 명이 넘게 죽었다. 얼마 안 있으면 줄어드는 속도가 탄력을 받을 게 자명했다.

하지만 아무리 머리를 굴려도 이렇다 할 해결법이 떠오르지 않았다.

'나는…… 무력해.'

아이린은 고개를 푹 숙였다.

자신이 할 수 있는 일이라곤 이처럼 입구 쪽에서 망을 보거나 함정을 파고 활을 다루는 정도였다.

고작해야 2인분.

그 정도로 전황을 뒤집을 순 없었다.

그러던 찰나, 몇몇 남자와 함께 불을 피우고 앉아 있던 발탄이 자리에서 일어났다.

"발탄?"

"적이 왔다."

"적이……!"

지이잉! 지이잉!

아이린은 재빨리 목에 차고 있던 작은 종 모양의 물건을 흔들었다. 멀록 던전에서 얻은 물건이며 흔들면 이처럼 큰 소리를 내게 되어 있었다.

잠에 취한 사람들이 부리나케 모여들었다.

그 숫자는 70가량.

하지만 모두 피곤에 찌들어 있었다. 근 삼 일간 제대로 잠을 자지 못했기 때문이다.

"적이 많다. 대기해라."

하지만 발탄은 전처럼 공격 명령을 내리지 않았다.

이윽고 어둠속에서 수백 개의 붉은 눈동자가 반짝거렸다. 그 가운데 거대한 존재감을 과시하는 리자드맨 킹이 있었다.

"결국 놈이 왔군."

"망할……."

사람들은 씁쓸하게 입맛을 다셨다.

그나마 희망은 놈이 오만으로 그릇된 판단을 하는 것이었다. 하지만 그 희망마저 이제는 날아간 듯했다.

대략 400마리의 리자드맨과 70명의 마을 사람.

어느쪽이 더 우위에 있는지는 비교할 필요도 없었다.

남은 건 협상뿐이다.

발탄이 무거운 발걸음을 옮겼다.

"리자드맨 킹, 나와 1:1로 붙자. 각자의 대표끼리 끝장을 내는 거다."

유일한 방법은 그뿐이었다.

발탄이 리자드맨 킹과 승부를 짓는 것.

물론 가능성은 매우 희박했다. 발탄의 체력이 높아 오래 버틸 순 있겠지만 승부 자체를 승리로 이끌진 못한다.

"싫, 다."

쿠우웅!

하지만 이젠 대화마저 거부당했다.

리자드맨 킹이 꼬리를 들어 발탄을 쳐 냈다.

발탄의 몸이 허공에 뜬 채 사람들이 있는 곳까지 날아갔다.

"발탄!"

아이린이 먼저 나가 발탄을 보살피자 발탄이 한 손을 들곤 자리에서 일어났다.

끝까지 마을과 사람들을 지키겠다는 의지가 느껴졌다.

그 모습을 보며 아이린은 눈물을 왈칵 흘렸다.

"발탄, 무리야. 처음부터 이길 수 없는 싸움이었어."

조금만 더 강했더라면.

이 역시 힘이 없어서 생긴 일이었다. 힘만 있었어도 리자드맨 따위가 사람들을 위협하진 못했을 것이다.

생존을 위해 힘을 합쳤지만 여기까지가 한계였다. 솔직히 여태껏 버텨온 것만으로도 대단하다고 할 수 있었다.

그러나 발탄은 고개를 저었다.

"아니, 이길 수 있다."

"이길 수 있다니? 무슨 수로?"

"그분이 오셨다."

그분?

발탄의 시선이 머나먼 장소를 향해 닿았다.

아이린은 그런 발탄의 시선을 따라 고개를 돌렸고 이내 몸을 부르르 떨었다.

귀기(鬼氣)라고 해야 할 것이다.

오싹한 기분.

거센 먼지 바람이 몰아치며 저 멀리서 수많은 무언가가 다가오고 있었다.

리자드맨들도 그것을 느꼈다. 고개를 돌렸고 그리고 잔뜩 몸을 굳힐 수밖에 없었다. 수만에 달하는 도깨비가 어느새 리자드맨을 에워싸고 있었다.

그리고 그 중심에서 아이린이 익히 아는 자가 나타났다.

'아…….'

저 사람이 누군지 그제야 알았다. 이토록 그가 반가웠던 적이 없다.

떠나갔던 영주가 돌아왔다.

어둠 속에서 그의 눈이 유독 붉게 번들거렸다.

"너희는 뭐하는 도마뱀들이냐."

리자드맨들은 대답이 없었다.

그래서 무영은 냉정하게 말했다.

"죽여라."

"움께서 명하셨다! 리자드맨을 모두 죽여라!"

새파란 피부를 가진 두억시니가 외치자 이만에 달하는 도깨비가 움직이기 시작했다.

이후 벌어진 건 학살이었다.

그 외에 다른 어떤 말도 필요 없었다.

불현듯 뒤를 점거당한 리자드맨 킹은 위급함을 느꼈다.

"도깨비의, 왕이여! 나랑 1:1로 붙자!"

"싫다."

스릉!

비탄이 잘게 울었다.

그의 몸에서 수천의 검은 망령이 솟아올랐다.

그 모습을 바라보며 모두가 전율했다.

불과 한 달여.

영주는 왕이 되어 돌아왔다.

〈조건을 만족하여 '왕 살해자' 스킬이 발동됩니다.〉

〈최초로 리자드맨 킹을 살해했습니다. 힘이 '5' 상승합니다.〉

〈한 번 만족한 조건은 중복되지 않습니다.〉

〈로드 퀘스트: '왕 살해자, 그 서막'이 시작되었습니다.〉

〈각기 다른 일백의 왕을 죽이십시오. 죽인 왕의 질에 따라 미

지의 보상이 주어집니다.〉

〈현재 만족도 – 하급 0, 중급 1, 상급 0, 최상급 0〉

리자드맨 킹의 목을 갈라 버린 즉시 장문의 글귀가 떠올랐다. 지배 자격의 괴물이라 '왕 살해자' 스킬의 효과가 나타난 것이다.

'힘 5라.'

나쁘지 않다. 오히려 놀라울 정도다. 게다가 보조가 아닌 순수 능력치가 상승했다.

무영은 손을 뻗어 리자드맨 킹의 영혼을 쥐었다.

'중복이 안 된다는 건 아쉽지만.'

말인즉, 다시 한번 리자드맨 킹을 잡아도 중복되지 않는다는 것.

무영은 슬쩍 두억시니인 서한을 바라보다가 고개를 돌렸다.

마계. 괴물의 종은 셀 수 없이 많다.

그리고 서한을 비롯한 두억시니는 도깨비를 통제하는 데 필요하다. 굳이 손을 쓰는 건 미련한 짓이었다.

'그나저나…… 로드 퀘스트?'

무영은 이 대목에서 미간을 좁혔다.

간혹 특정 시련을 해결하면 연계 업적이 떠오르는 경우가 있긴 했다. 그리고 모든 연계 업적을 달성하면 막대한 보상이 주어진다.

이번에 받은 로드 퀘스트는 일백의 왕을 잡으면 그 내용물에 따라서 보상을 차등 지급하겠다는 뜻이었다.

"움의 이름으로!"

"움의 이름으로!"

2만의 도깨비가 리자드맨을 유린하는 장면은 퍽 인상적이었다.

애당초 리자드맨은 급이 높은 괴물이 아니다. 숫자의 절대적인 차이를 뒤집을 수 없었다.

싸움은 당연하다는 듯 그야말로 순식간에 끝맺어졌고 무영은 아무 일도 없었다는 것처럼 영지로 돌아왔다.

"영주님을 뵙습니다."

가장 먼저 발탄이 무릎을 꿇었다.

그것을 시작으로 남은 사람들 모두가 무릎을 꿇었다.

하지만 사람들의 표정엔 궁금증과 경악, 그리고 불안이 가득했다.

어디서 어떻게 이만한 도깨비를 손에 넣은 것인지에 대해 궁금했고, 만에 하나 해코지라도 당할까 초조했다.

무영은 무덤덤하게 말했다.

"앞으로 이 땅의 주민이 될 도깨비들이다. 서로 사이좋게 지내도록."

그 말을 들은 사람들의 얼굴에 더욱 큰 놀라움이 번졌다.

도깨비와 사이좋게 지내라니!

하물며 그 숫자가 수만이다.

하지만 무영은 더 말하지 않았다. 설명은 그것으로 끝이었다.

'빠르게 발전해야 한다.'

'움'의 한마디는 도깨비에게 꽤 강력한 강제력을 가져다준다. 죽으라면 진짜 죽진 않겠지만 시늉이라도 할 정도였다.

이미 수차례 경고한 바가 있기에 도깨비 쪽에서 사람을 기습할 걱정은 거의 없었다.

다만, 걱정인 건 2만이나 되는 도깨비가 이 땅에 잘 정착할 수 있느냐였다. 일을 속전속결로 처리하지 못하면 결국 자멸의 길을 걷게 될 것이다.

이곳은 마신의 땅.

오로지 투쟁으로만 원하는 걸 얻을 수 있으므로 서로 협력해야 살 수 있었다.

'먼저 주변 괴물들부터 토벌해야겠군.'

무영은 고개를 끄덕이며 마을로 입성했다.

2만 도깨비가 마을 주변에 자리 잡았지만 이렇다 할 제반시설이 너무나도 부족했다.

땅을 안정화시키고 도깨비가 정착하기 위해선 주변 괴물을 깔끔하게 정리할 필요가 있었다.

"이곳에서 반경 수 킬로미터는 강한 괴물이 살지 않는다. 발탄과 아이린의 안내를 받아 토벌을 시작하라."

둘은 주변 땅에 대해서 잘 알고 있었다.

잘못하면 벌집을 건들 수도 있으니 딱 그 한계선까지 도깨비들을 안내할 터였다.

"나머지 오천의 도깨비는 자재를 운반하고 집을 짓는다. 또한 사람들을 도와 밭의 규모를 늘리는 일에 동참하라."

그리고 당장 처리해야 할 문제는 또 있었다.

비축된 식량이 많지 않았다.

어느 정도는 수렵으로 충당할 수 있다지만 분명히 한계는 온다.

하이데거는 최소한의 작물을 재배하도록 밭을 경작하고 있었는데 그 규모를 늘려서 나중을 대비해야만 했다.

시간은 조금 걸리겠지만 이왕지사 시작한 김에 틀을 잡아 놓을 작정이었다.

무영의 명에 따라 2만의 도깨비가 분주하게 움직였다.

처음엔 어정쩡했던 사람들도 도깨비들을 도와서 적응하게 되었다.

그렇게 얼마 지나지 않은 시점.

〈2만의 도깨비가 합류했습니다.〉

〈영토의 지배력이 높아집니다.〉

〈인간과 도깨비의 조화!〉

〈영주 점수 10점을 획득했습니다.〉

〈영주 점수를 이용해 여러 가지를 할 수 있습니다. 관련 사항은 상태창 시계에서 확인할 수 있습니다.〉

〈스킬 '영주'의 랭크가 E → C로 상향 조정됩니다.〉

〈'기사단'을 창설할 수 있게 됩니다. 최대 하나, 영주 점수 3점당 한 명의 내정이 가능하며 기사 단원의 능력치가 상승합니다.〉

도깨비가 온전히 받아들여지며 랭크가 가파르게 상승했다.

무영은 턱을 쓸었다.

영주 점수.

영주들은 이 점수를 이용해 갖은 이적을 행하는 게 가능하다.

그들에 비하면 턱없이 부족한 숫자지만 개척할 여지가 많이 남은 이상 계속해서 얻을 수 있을 것이다.

'영주 점수를 어떻게 사용하느냐에 따라 영지의 내용이 갈린다.'

그러나 영주 점수는 신중하게 사용해야 한다.

성이나 건물을 짓는 것보다 다른 용도로 활용할 곳이 많았다. 예컨대 영토를 지킬 가디언을 고용하거나 기사단 창설, 영토의 구슬을 구매하는 것 등등.

가장 중요한 '신전'을 들이는 데에도 쓸 수 있었다.

신전은 몇 가지 종류가 있었고 받드는 신에 따라 내용도 달라진다.

하지만 신전을 설치하면 관련된 신자들이 나오게 마련.

영토에 대한 축복도 내려져서 괴물의 침입이 줄어드는 걸로 안다.

'신전을 들이려면 최소 2천 점이 필요하군.'

작게 혀를 찼다.

그러곤 조금씩 나아지는 영토의 상황을 살피다가 고개를 돌렸다.

"낭군님, 무슨 걱정 있으세요?"

"쓸데없는 표현이 붙어 있군."

날개를 휘저으며 주변을 날아다니는 작은 요정.

우히를 바라봤다.

우히는 움의 시련을 빠져나온 이후 무영을 졸졸 따라다니고 있었다.

용케도 무영의 감정 변화를 바로바로 잡아내곤 했는데 우히의 말마따나 무영은 지금 한 가지 고민을 계속하고 있었다.

'각성.'

영지가 강해지는 것과는 별개로 무영 스스로의 발전이 필요했다.

그 첫 번째가 바로 각성이다.

주요 순수 능력치 100의 돌파를 목전에 두고 있었던 것이다.

'힘과 민첩은 100을 넘겼지.'

남은 건 체력이다. 하지만 이 체력 수치가 좀처럼 오르질 않았다.

과거에도 무영은 고질적으로 낮은 체력 문제를 갖고 있었다. 지혜와 지능은 정신적인 영역이니 마법사가 되지 않는 한 낮을 수밖에 없다지만 체력의 낮음은 도무지 해결할 길이 없었다.

단순히 움직이는 것만으로 올리는 건 한계가 뚜렷하다.

물론 과거와 달리 지금은 방법이 있긴 했다.

'왕 학살자, 영혼 착취 스킬은 마지막 수다.'

이 두 가지를 이용하면 나머지 체력을 올릴 수 있으리라.

하지만 시간이 걸리거나 기껏 만든 언데드를 분해하는 일이다. 끝까지 해보다가 안 되면 마지막 수로 사용하는 게 나았다.

"그럼 서방님?"

몸을 배배 꼬며 쑥스럽다는 듯이 우히가 말했다.

무영은 잠시 영토 너머의 땅을 바라봤다.

"너는 요정이니 시련에 대해서도 잘 알고 있겠지."

노골적으로 무시했지만 우히도 개의치는 않았다.

오히려 허리에 양손을 올리고 자신 있게 말했다.

"알다마다요. 그 분야에 있어선 우히를 따라올 요정이 없어요."

"이 주변에 무슨 시련이 있는지 알아내는 것도 가능한가?"

우히가 머리에 손을 대곤 잠시 고민했다.

"음....... 가능할 것 같아요. 우히는 요정들한테 인기가 많아서요. 당연한 거지만요. 우히히."

쓸모가 별로 없을 줄 알았건만, 말대로라면 상당히 유용할 듯싶었다.

시련이 있는 위치를 알 수 있다면 독식도 가능할 테니!

"안내해라."

"예? 지금요?"

무영이 고개를 끄덕이자 우히가 뺨을 발그레 물들였다.

꿀꺽!

"공짜로 해줄 순 없고...... 뽀뽀 한 번이면......."

무영의 눈빛은 무심하기 그지없었다.

가뜩이나 얼음장인데 지금은 더한 한기가 느껴졌다.

우히가 그것을 깨닫곤 식은땀을 삐질 흘렸다.

"노, 농담이에요. 우히히히. 금방 찾아보고 올게요."

그러곤 날개를 펄럭이며 영지를 벗어났다.

무영은 잠시 그 뒷모습을 바라보다가 주먹을 꽉 쥐었다.

'1차 환골탈태를 한 시점에서 다시 한번 각성할 수 있을지 모르겠지만, 이 뒤에 드워프를 찾는다.'

불사조의 심장과 용의 뼈 등. 재료는 많지만 정작 이 재료를 제대로 활용할 수 있는 대장장이는 적다.

그나마 불타르가 가능성이 있지만 그보단 드워프가 몇 수는 나을 것이다.

더구나 무영은 드워프를 찾는 방법을 알고 있다. 설령 아니더라도 '리틀 위시'를 이용하면 그만이다.

그들이 어디 도망갈 리는 없으니 그보단 각성의 기준을 맞추는 게 먼저였다.

쪼르르 하늘 위로 올라간 우히가 지상을 내려다봤다. 그러곤 지속적으로 날개 가루를 흘리며 반응을 기다렸다.

날개 가루는 요정끼리의 신호와 같다. 얼마 안 있어 그 신호를 읽은 요정 한 명이 우히에게 날아왔다.

"헉헉! 우히! 오, 나의 사랑!"

요정은 상당히 뚱뚱했다. 땀을 삐질삐질 흘리며 다가온 것이다.

우히가 눈살을 있는 대로 찌푸렸다.

"뭐야. 너 헉헉이잖아? 왜 여기 있니?"

"헉헉! 시련을 보수하고 있었다오. 우히, 드디어 내 사랑을 받아주려는 것이오?"

"꿈 깨. 나 임자 있는 몸이야."

"뭐, 뭐라고……?"

헉헉이라 불린 요정이 청천벽력의 소식이라도 들은 듯 무릎을 굽혔다.

눈물 한 줄기가 눈을 타고 흘렀다.

그러거나 말거나 우히는 도도하게 말했다.

"그것보다 내가 잠깐 구경 좀 해도 되지? 어디 있어?"

"뭐가 말이오?"

"시련 말이야. 혹시 아니? 시련을 잘 만들고 멋진 집을 얻었으면 마음이 움직일지? 우히는 능력 없는 요정은 딱 질색이야. 우히를 데려가려면 성처럼 거대한 집은 필수라구."

도도하게 콧대를 세웠다.

그러자 무릎을 꿇었던 요정이 자리에서 일어나며 입술을 꽉 깨물었다.

"헉헉! 그렇다면 따라오시오. 내 능력을 증명해 보이겠소!"

다행히 시련이라면 가능성이 있다. 어떠한 요정보다 균형 있게 만들어서 조만간 그 보상으로 모든 요정의 꿈인 집도 얻을 예정이었다.

요정의 구애에 실제로 집은 필수적이다.

주로 구애하는 쪽에서 그 집을 구해 오는 게 관례였고 그만큼 헉헉이는 자신이 있었다.

곧 시련 상자로 우히가 안내됐다.

"너치곤 꽤 잘 만들었네. 근데 말이야."

마치 시누이처럼 시련을 둘러보던 우히가 오만상을 구겼다.

"왜, 왜 그러시오?"

"이건 너무 어렵잖아. 왜 켈베로스 같은 괴물이 있는 거야?"

"헉헉. 머리 세 개인 켈베로스는 방을 지키는 수호자요. 상징성으로도 가장 자신 있는 부분이오."

"갑자기 저런 괴물을 놔뒀을 리는 없고. 공략법은 있지?"

"당연. 머리가 세 개니 세 가지 방법이 필요하지. 모두 균형을 생각하고 깰 수 있도록 조정해 놓았소."

우히가 빙그레 미소 지었다.

그 모습을 보고 요정은 자신의 가슴을 부여잡았다. 심장을 폭격당했다는 표현이 이처럼 어울릴 수 없었다.

우히는 요정들에게 있어서 공주님과 같다.

신조차 반해 버릴 절세의 미모와 도도한 성격!

어디까지나 요정의 기준이긴 했지만, 그래서 수많은 요정이 구애했고 우히는 모두 단칼에 거절해 버렸다.

그런데 지금 그 기회가 자신에게 주어진 것이다.

어찌 흥분하지 않을 수 있겠는가!

잠시 후 우히가 슬며시 물었다.

"우히히. 그래? 그 방법이란 게 뭔데?"

서한.

빙도깨비의 지도자이며 두억시니인 그가 무영을 찾았다.

무영은 고개를 돌려 잔뜩 흥분한 서한에게 말했다.

"무슨 일이지?"

"윰이시여, 도깨비와 인간의 차이를 인정해 주십시오."

서한의 뒤에는 다른 두억시니도 함께하고 있었다. 그 둘이 무릎을 꿇으며 간청하는 것이다.

"무엇이 문제인지 말해보라."

"고작 수십의 인간이 영지 중심부에서 살아가는 걸 도깨비들은 납득하지 못하고 있습니다. 족히 수백 배의 숫자가 외곽에서 집을 지으며 살아가는 중이지 않습니까?"

주인과 객이 반대가 된 것 아니냐는 말이었다.

하지만 무영은 고개를 저었다.

이 영지의 중심이 된 던전과 모든 건물을 만든 건 사람들이다.

하이데거의 폭정을 겪으며 겨우 하나로 뭉친 이들을 쫓아낸다?

합리적이지 못하다. 당장의 득은 될지언정 이런 식으로 한 번 흔들리면 다음에도 그러지 말라는 법이 없다.

무영은 인간과 도깨비 중 어느 하나도 버릴 생각이 없었다.

'조화를 이루면 영주 점수가 올라간다.'

무엇보다 무영은 영지 점수가 올라간 걸 기억해 냈다.

인간과 도깨비의 조화가 되었다며 지금 시기에선 얻기 힘든 점수를 10점이나마 얻어낸 것이다.

더욱 본격화되거나 다른 종족을 더 영입하면 그 이상을 얻을 수 있다는 이야기다.

지능이 있는 모든 종족이 한 영지에서 살아간 전례는 여태껏 없었다.

무영은 인간과 도깨비를 시작으로 그러한 영지를 만드는 것도 나쁘지 않을 것 같다는 생각을 가졌다.

살수로 40년을 지내온 까닭일까.

사람이 응당 가져야 할 편견 같은 게 무영에겐 거의 없었다.

"그들이 먼저 이곳에 살고 있었다. 그리고 내 영지에선 어떠한 종류의 약탈 행위도 허용하지 않는다."

하여, 무영은 그러한 행위를 '약탈'로 규정했다.

영주로서 처음 결정한 영지의 규칙이었다.

"그렇다면 마냥 참기만 하라는 말씀이십니까?"

서한 역시도 강제로 빼앗는 걸 원하진 않았다.

그는 절충안을 바라고 있었다. 무영이 합리적인 중재를 해주기를.

도깨비들의 불만이 끝에 달한 모양이었다.

이대로 넘어가는 건 좋지 않다.

무영이 말했다.

"결투를 허용한다. 하지만 강제적인 결투는 허용하지 않겠다. 서로의 합의가 이루어졌을 때 각자 원하는 것을 걸고 내 동의하에 '결투'를 벌여라. 승자는 갖고 패자는 잃을 것이다."

이곳은 마계다.

그저 말로만 합의하는 건 사실상 있을 수 없다.

강자독식의 세계.

전투적인 행위로 서로의 합의를 이끌어 낼 필요가 있었다.

다만 규칙을 둬서 영지의 구성원이라는 걸 인지하게 할 작정이었다. 누군가를 이끈 경험이 거의 없는지라 아직은 투박하지만 그래서 경험이 있어야 한다.

무영은 일단 부딪쳐 보자고 결심했다.

"움의 지혜를 따릅니다."

서한도 이 방법은 마음에 든다는 듯 고개를 깊이 숙였다.

그를 비롯한 몇몇 도깨비는 전사의 피를 갖고 있다. 결투라는 어감이 주는 그 신성함을 모를 리 없었다.

"기한은 앞으로 한 달 후. 영지를 안정화한 다음 시작하겠다."

무영은 이 부분을 확실하게 못 박았다.

한 달이라는 시간적 제약을 둠으로써 도깨비들의 불만을 잠시 잠재우고 사람들은 그 시간에 강해질 여유를 얻는다.

도깨비와 인간의 간극은 분명히 있었다.

그 간극을 채우기 위한 시간이었다.

'발탄이 좋겠군.'

발탄은 유일하게 스스로 성장할 수 있는 언데드.

지키는 전투를 할 때마다 강해진다.

이 '지키는 전투'라는 건 여러 가지로 해석할 여지가 있었다.

이번 결투 또한 지키기 위한 일이다. 그러기 위해 강해지는 것도 충분히 가능할 것이었다.

여기에 무영이 약간의 도움을 준다면 얼추 대등한 싸움을 벌일 수 있을 터였다.

무영은 발탄을 멀더던의 던전으로 보냈다.

사정을 설명하자 '영지민을 위해서라면 기꺼이'라는 대답과 함께 거침없이 발을 옮겼다.

아마도 이번 전투에서 패배하면 인간이 설 자리가 거의 없어짐을 발탄도 알고 있는 듯싶었다.

인간은 소수고 도깨비는 다수였으므로.

그리고 하루가 더 지나자 영지를 떠났던 우히가 돌아왔다.

"우히히. 우히가 엄청난 정보를 물어왔어요."

날개를 펄럭이며 우히가 빙그르르 무영의 주변을 한 바퀴 돌았다.

굉장히 기분이 좋아 보였다.

"시련에 대한 정보인가?"

"맞아요. 우히를 따라다니던 뚱뚱이가 둥지를 짓고 있더라고요?"

"흠."

상상외의 쓰임새다.

시련의 위치를 알아내고 그곳을 돌파할 방법까지 알아낼 수 있다니.

그러자 우히가 입술을 쭉 내밀었다.

"그런데 중요한 건 한 가지밖에 못 물어보도록 규정이 있어요. 솔로몬이 이 약속을 깨면 집 안 준다고 했어요. 그래서 한 개만 말할 수 있어요."

"한 가지라."

"뭐가 궁금하세요? 우히가 다 보고 왔어요. 시련의 구조, 성향, 몇몇 보상 목록, 문을 지키는 마지막 괴물을 깨는 방법 등등!"

아마도 우히가 말한 네 가지가 이번 시련에서 가장 중요한 쟁점인 것 같았다. 이 중에서 한 가지를 택하는 게 가장 이득이라고 판단한 것이다.

반대로 시련의 위치가 없는 걸 보면 그에 대한 안내는 괜찮은 모양이었다.

'시련은 나를 강하게 만든다.'

무영이 고심 끝에 내린 결론이었다.

단순한 사냥만으로는 한계가 있었다.

하지만 시련을 이겨낼 때마다 무영은 강해졌다. 지금까지 가파르게 강해질 수 있었던 것도 모두 시련 덕이다.

각성의 단초 역시 시련에 있으리라고 보았다.

"마지막 걸 듣지."

"현명한 선택이에요!"

우히가 짧게 설명했다.

문을 지키는 괴물을 퇴치하는 방법.

설명을 듣고 무영은 고개를 끄덕였다.

"시련이 있는 곳으로 안내해라."

"네, 우히만 믿고 따라오세요."

우히가 입술을 내밀자 무영이 손가락을 들어 그것을 저지
했다.

지하로 뚫린 동굴이었다.

땅을 밟고 천천히 내려가자 그 아래에 시련 상자가 있었다.

지름 3m 정도의 문을 보고 무영은 고개를 끄덕였다.

"이거로군."

"여기서부턴 우히도 못 들어가요. 우히는 시련에서 방관
자의 역할이거든요. 직접적인 조력자가 되면 머리에 번개가
떨어져요."

우히가 아쉽다는 듯 고개를 떨궜다.

하지만 무영은 개의치 않았다.

중요한 정보를 얻었고 시련의 위치마저 알아냈으니 더 욕
심을 부리는 건 과욕이다.

우히의 존재는 일종의 마스터키와 비슷했다. 그것은 문을

여는 것만 가능하다.

그 안에 들어가서 목적을 이루는 건 무영이 해야 할 일이었다.

"조심하세요. 하지만 이번 시련은 낭군님에게 상당히 도움이 될 거예요."

"알았다."

무영은 천천히 시련 상자로 발을 옮겼다.

이윽고 주변이 까맣게 물들었고 곧 빛으로 이뤄진 글자가 떠올랐다.

〈지하 투기장에 오신 것을 환영합니다.〉

〈지하 투기장은 모두 다섯 층으로 나뉘어 있으며 10승 단위로 더욱 아래로 향하는 게 가능해집니다.〉

〈투기장 전용 화폐인 '온스'를 걸어서 각종 물건과 귀환 티켓 등을 구매할 수 있습니다.〉

제법 친절한 문구와 함께 주변 배경이 달라졌다.

그래도 여전히 어두침침하긴 했지만 시야로 주변을 살펴볼 정도는 되었다.

"뭐야, 신입? 이번엔 도깨비야?"

"맛, 있겠다."

"크륵, 크르륵."

온갖 괴물이 비좁은 방에 함께 있었다.

고블린, 오크, 트롤, 낙인이 찍힌 악마와…… 인간까지.

무영은 시선을 내렸다.

'철구.'

어느새 발에 철구가 채워져 있었다.

보이는 것과 달리 상당히 무게가 나가서 움직이는 것조차 쉽지 않다.

하지만 이상한 일이었다.

이만한 괴물들이 모였는데 소란이 없다.

서로 죽이든가 잡아먹든가 해야 정상이건만.

단순히 철구 때문인 건 아닌 듯했다.

"입맛 다시지 마라, 이 쓰레기들아. 어차피 조금 있으면 마음껏 날뛸 수 있을 거다."

이마에 '3'이라 적힌 낙인이 찍힌 악마가 이죽거렸다. 넝마처럼 찢어진 검은 날개와 검게 물든 손톱 등이 그가 악마임을 증명했다.

동시에 무영은 깨달았다.

이 이상한 평화의 원인이 그였다.

'노예 악마로군. 제3좌, 바싸고의…….'

악마들은 마신의 영역 깊숙한 곳에서 살아간다. 그들이 본격적으로 움직이는 건 대공황 직후.

그러니까 앞으로 10년 뒤의 일이다.

설마 벌써부터 악마를 만나게 될 줄은 몰랐지만 노예 악마라면 크게 상관없을 것이다.

큰 죄를 저질러서 떨어진 악마.

죽어봤자 아무도 신경 쓰지 않을 자였다.

3의 낙인은 마신 바싸고의 표식이었다. 원래는 바싸고 밑에서 일하던 악마라는 뜻이다.

물론 바싸고의 밑에서 일하는 악마는 천만을 넘어간다.

흔하디흔한 악마라는 의미다.

잡념을 지우고 쩔그럭대는 소리와 함께 발을 움직였다.

"사람이 왜 이곳에 있는 거지?"

이후 남자에게 다가가 물었다.

그러자 겁 많아 보이는 남자가 몸을 부들부들 떨었다.

"그, 그게, 탐험 도중에 시련 상자를 찾았습니다만."

왜 자신이 이곳에 있는지 모르는 표정이다.

하지만 무영은 그 말을 듣고 이해할 수 있었다.

이 시련의 입구가 하나가 아니라는 걸.

"하여간 저는 맛없습니다. 삐쩍 말라서 먹을 게 못 돼요."

"너를 잡아먹는 데에는 흥미 없다."

"그, 그렇죠?"

다행이라는 듯 남자가 한숨을 푹 내쉬었다.

약간의 시간이 더 지나자 입이 근질근질했는지 남자가 혼잣말처럼 중얼대기 시작했다.

"괴물들 틈바구니에서 죽는 줄 알았습니다. 다들 절 잡아먹을 생각만 해서요. 저 악마가 아니었으면 벌써 죽었을 겁니다. 으휴."

긴장이 풀린 걸까.

그만큼 이 상황이 두려웠음을 뜻하기도 했지만 순식간에 경계심을 없애고 친근하게 다가온 것은 의외였다.

무영은 궁금하게 여긴 것을 입에 담았다.

"혼자 들어왔나?"

"아뇨. 저를 포함해서 일곱 명이 들어왔습니다만……. 보시다시피 다 흩어진 것 같습니다."

어쩌면 그들 외에 사람이 더 있을지도 모른다.

그러나 무영은 지하 투기장에 대해 들어본 바가 없었다.

잘 안 알려진 장소라는 것인데 우히가 아니었다면 여전히 모르고 지나쳤을 것이다.

철컹!

이윽고 비좁은 방을 막던 철창이 조금씩 열리기 시작했다.

동시에 노예 악마가 말했다.

"쓰레기들, 열심히 싸워라. 그래 봤자 부질없는 짓이겠지만 켈베로스에게 잡아먹히는 것보단 여기서 싸우다가 죽는 게 백배는 이로울 것이다."

〈첫 번째 싸움이 시작됩니다.〉

〈정확히 절반만 살아갈 수 있습니다.〉

〈총인원 - 800〉

〈생존자 전원에게 1,000온스가 주어집니다.〉

스르르릉.

철컥!

문이 열렸다.

키에에에엑!

쿵!

가장 먼저 오우거가 보였다.

거대한 몽둥이를 휘두르며 중심부에 섰다.

누구라도 와보라는 듯이.

하지만 오우거조차 오래 버티지 못했다.

수많은 괴물이 쏟아져 나오며 난장판이 만들어진 것이다.

"액티브, 작은 돌풍, 액티브. 조금 더 빠르게."

휘이이잉!

무영의 옆으로 거친 바람이 불어왔다.

돌풍은 다가오던 오크 한 마리를 멀리 날려 버렸다.

무영이 고개를 돌리자 남자가 지팡이 하나를 들고 겸연쩍게 웃어 보였다.

"돕고 살아야죠. 우리가 좋은 달라도 마음은 같으리라 믿습니다."

"언령술사인가?"

명령어를 만들어서 실행시키는 자. 언령술사다.

"뭐, 비슷합니다. 그보다 이름이? 저는 버그라고 합니다."

"무영이다."

"이름 참 특이하시네요. 제 이름도 그렇긴 하지만."

버그가 껄껄 웃었다. 나이는 삼십 대 중반쯤 되었을까.

'버그?'

무영은 내심 갸웃했다.

비슷한 이름을 들어본 것 같은 기분이었다. 하지만 유명한 사람 중에 버그라는 이름을 가진 이는 없었다.

"그나저나 가만히 있어도 되겠는데요? 저놈들이 치고받고 싸우면 알아서 끝날 것 같습니다."

괴물들의 싸움은 격렬했다.

말마따나 가만히 있어도 절반의 생존 인원에는 들어갈 것이다.

굳이 존재감을 과시할 필요가 없다는 뜻.

버그가 한숨을 내쉬었다.

"제 동료들은 안 보이는군요. 이거 참, 다들 어디에 있는 건지……?"

스릉.

무영은 비탄을 꺼냈다.

방관해도 좋지만 방관만 해서는 나아지는 게 없다.

시련에 대해 이해하고 파악하려면 먼저 부딪쳐 보는 게 최고다.

무영이 난장판의 한복판으로 들어가자 버그가 이마를 부여잡았다.

"아이고, 이를 어쩐다. 만에 하나라도 악마랑 부딪치는 건 사절인데."

노예 악마도 악마다. 어지간한 괴물보다 강하다. 게다가 저 노예 악마는 평범한 악마가 아닌 것 같았다.

그러거나 말거나 무영은 비탄을 휘둘렀다.

특이하기로는 저 도깨비도 만만치 않았지만 그래 봤자 도깨비. 버그의 입장에선 굉장히 무모해 보였다.

버그는 지팡이를 매만지다가 눈을 부릅떴다.

'뭐야. 저거 진짜 도깨비 맞아?'

걱정은 기우에 지나지 않았다. 걱정할 필요가 없었다.

촤아악!

피가 튀고 검이 춤춘다.

버그의 예상과 달리 무영은 물 만난 물고기처럼 전장을 휘저었다.

지하 투기장.

첫 번째 싸움에서 800의 괴물 중 절반만 살아남을 수 있다. 계속해서 사투가 벌어진다는 뜻이며 이러한 싸움의 종류에서 승리하는 방법을 무영은 알고 있었다.

'7할을 보이고 3할은 감춰라.'

여기서 중요한 건 7할이 전체처럼 보이게 만드는 것이다.

상대방이 무시할 수 없게끔 하면서도 '싸우면 이긴다'는 인상을 주는 게 중요했다.

살수 수업에서 무영이 최후의 최후까지 살아남을 수 있었던 비결이다.

'서 정도년 악마군 내에서도 꽤 순위가 높았겠군.'

무영은 주변 괴물들을 살폈다.

몇몇 괴물은 강했다. 특히 노예 악마의 전투력은 상상 이상이었다.

검게 물든 손톱이 모든 괴물의 살을 찢었다. 오우거의 질긴 가죽도 소용없었다. 닿는 족족 두부처럼 꿰뚫었다.

제3좌의 마신 바싸고.

놈의 휘하 악마는 셀 수 없이 많지만 저 정도의 힘을 발휘한다면 적어도 중간급 이상이어야 했다.

악마라고 모두 강한 건 아니다. 그렇기에 강한 악마일수록 죄를 저질러도 면책이 되는 경우가 많다.

무슨 잘못을 저질렀기에 이런 지하 투기장에 떨어졌는지 무영으로선 알 방도가 없었다.

'당장은 부딪치지 않는 게 좋다.'

어차피 투기장이라면 언젠가는 싸울 수도 있다. 그 가능성을 위해 무영은 자신의 실력을 온전히 드러내지 않았다.

다만, 모두가 무시할 수 없게끔 적당히 위용을 내보이며 '쉽게 건드려선 안 된다'는 인식을 심어주는 데에는 성공했다.

괴물들은 오로지 힘의 논리로만 돌아간다.

약해 보이면 공격을 받게 되어 있다.

"살려, 크르륵!"

오크가 울부짖었다.

퍽!

하지만 무영이 휘두른 비탄이 놈의 머리를 박살 냈다.

꿀럭대며 토해지는 피를 받아먹는 검과 냉소를 짓는 무영의 모습은 잔악무도라는 말이 딱 어울렸다.

보여주기 위한 퍼포먼스로는 제격인 셈.

약한 괴물은 알아서 피해갔다.

강한 놈도 쉽게 달려들지 못했다.

"액티브, 방어막, 액티브. 조금 더 단단하게. 으아아, 씨발!"

반면에 멀리서 방관하던 버그는 지팡이를 요란하게 움직일 수밖에 없었다.

무영을 비롯한 강자를 피해 약한 괴물들이 모조리 버그에게 몰렸기 때문이다.

힘의 논리.

그것을 파악한 자와 파악하지 못한 자의 차이였다.

오히려 움직이지 않았던 게 더욱 큰 반향을 불러왔다.

"헉, 헉…… 염병할. 내가 그렇게 좆밥으로 보이냐, 이 새끼들아!"

스무 마리가량을 혼자 처치한 버그가 크게 외쳤다.

그 순간.

〈축하드립니다. 절반의 생존자에 포함되셨습니다.〉

〈1,000온스가 주어집니다.〉

〈보유한 온스는 상점, 혹은 투기판에서 확인 가능합니다.〉

싸움이 끝났다.

철컥.

투기장 중심부에 있던 거대한 철문이 열렸고 그곳에서 거대한 갑주들이 나타났다.

'리빙 아머.'

무영은 즉시 갑옷들이 무엇인지 알아차렸다.

텅 빈 갑옷의 망령들. 정령이 빙의되어 움직이는 고위 마법 무구였다.

"싸움을 멈추고 우리를 따라와라."

스무 기가량의 갑옷이 싸움을 중재했다. 흥분한 괴물은 빠르게 제압했다.

눈을 붉게 물들인 채 괴물의 살점을 뜯어먹던 노예 악마도 리빙 아머가 나타나자 순순히 포식 행위를 멈췄다.

'투기장 경험이 많나 보군.'

경험자라면 따라서 나쁠 건 없을 것이다.

무영은 비탄을 한 차례 털어내며 허리춤에 집어넣었다.

이후 리빙 아머가 나온 방향으로 발걸음을 옮기자 거대한 함성 소리가 들려왔다.

"취익! 취이익!"

"이번에 들어온 놈들은 영 패기가 없어 보이는구만!"

"싸워라! 죽여라!"

투기장 뒤에 또 다른 투기장이 있었다.

하지만 규모는 비교할 수 없었다.

압도적인 크기. 족히 수만은 되어 보이는 온갖 종류의 괴물이 자리를 채우고 있었다.

단순한 괴물을 벗어나 이종족도 많이 분포되어 있었다.

드워프나 엘프, 웨어울프, 심지어 뱀파이어까지.

'모든 종족의 총집합이로군.'

피식 웃고 말았다.

그리고 동시에 깨달았다.

'시련을 벗어나지 못한 자들이다.'

이만한 숫자, 이만한 종류의 이종족이 모여 있는 건 상식적으로 불가능하다.

하지만 지하 투기장에 강제로 갇힌 거라면 가능하다.

말인즉······.

'조건을 만족 못 하면 빠져나갈 수 없다.'

그 조건이란 것도 꽤 까다로울 것이다. 아니라면 이만한 숫자가 계속해서 표류할 리 없으므로.

가장 마지막으로 노예 악마가 나타나자 더욱 떠들썩해 졌다.

"집념의 올로니스!"

"양민 학살의 올로니스 아니고? 벌써 몇 번째야?"

"좀 꺼져라! 네 얼굴 보는 것도 지겹다!"

수많은 이종족이 야유를 보냈다.

무영의 예상대로 노예 악마, 올로니스는 이곳 투기장을 몇 번이나 경험한 경험자인 듯싶었다.

하지만 올로니스는 그들의 야유를 깡그리 묵살했다.

조용히 발을 옮기며 투기장을 벗어난 것이다.

〈방이 배정되었습니다.〉

〈화살표를 따라 이동하세요. 대전 상대가 정해지면 자동으로 알려드립니다.〉

이어 눈앞으로 붉은 화살표가 생겨났다.

무영은 고개를 끄덕이며 움직였다.

방은 남루했다.

발을 뻗으면 벽이 닿을 정도로 좁았고 오물 냄새가 사방에 퍼졌다.

"크릉, 차라리 밖에서 지낸다."

"크아아아!"

몸 크기에 딱 맞춰서 방을 마련해 주는 듯 주변이 비명으로 가득 찼다.

하지만 무영은 굉장히 편안하게 누웠다.

'안락하군.'

발을 뻗을 수 있다는 게 어딘가.

장기간 암살을 진행할 때면 이보다 더 좁은 곳에서 몇 달을 보내기도 했다.

발을 쭉 뻗을 수 있다는 것만으로도 무영에겐 편안한 장소였다.

반대로 괴물들은 넓은 평야를 누비고 다니던 존재.

당연히 비좁은 방이 성에 찰 리 없다.

'대전 상대가 정해지면 자동으로 알려준다고 했지.'

그 전까지는 자유 시간이라는 뜻이다.

무영은 잠시 숨을 고르고 자리에서 일어났다.

비좁은 통로를 지나자 복도의 끝에 표지판 네 개가 세워져 있었다.

각각 〈잡화〉, 〈무기〉, 〈방어구〉, 〈노예〉라 적혔다.

'노예?'

다른 건 차치하고 노예라니.

무영은 해당 표지판이 있는 방향으로 발을 놀렸다.

머지않아 넓은 방에 도착했고 손발이 묶인 채 철창에 갇혀 있는 수많은 괴물을 목격할 수 있었다.

놀, 오크, 심지어 하늘의 왕이라는 와이번이나 인어 라미아도 있었다. 아주 상위종의 괴물은 없었지만 이것만 해도 대단한 것이다.

〈대전료를 지급하지 못한 자들은 노예가 됩니다.〉

〈급에 따라 가격이 책정되며 자동으로 '노예의 맹약'이 새겨집니다.〉

방에 완전히 들어서자 경고문이 떠올랐다.

제법 많은 괴물이 이 방에서 노예를 구경하거나 구매하고 있었는데 구매하는 방식은 간단했다.

철창에 적힌 온스를 지불하면 상대를 노예로 부리는 게 가능하다.

"이건 내가 골랐다."

"취익! 아니다. 내가 먼저다."

트롤과 오크 대전사 간에 싸움이 붙었다. 종이 다른 괴물 간의 대화가 이상한 일은 아니었다.

하여간 구매자에 제한은 없다 보니 이처럼 대화보다 몸으로 이야기를 나눌 때가 있었다.

"대전 외의 싸움은 금지다."

그리고 그럴 때면 어디선가 리빙 아머가 나타나 둘을 곤죽이 될 때까지 공격했다.

이내 정신을 잃고 자신의 방으로 끌려가는 트롤과 오크 대전사를 바라보며 무영은 턱을 쓸었다.

'투기장의 모든 경제는 온스로 돌아간다.'

시련이라기보다는 하나의 세상을 축소시킨 느낌이었다.

무영은 주변을 죽 둘러보다가 한곳에 시선을 고정시켰다.

'드워프!'

유독 늙은 드워프 하나가 철창에 갇혀 있었다.

철창 앞엔 '50,000'이란 숫자가 적혀 있었다. 다른 노예에 비하면 굉장히 비싼 가격이었다.

하지만 드워프는 워낙에 희귀하다. 그만한 손재주를 발휘하니 이해가 되지 않는 수준은 아니다.

무영은 천천히 드워프가 있는 철창 앞으로 다가갔다.

늙은 드워프는 그럼에도 눈길 하나 주지 않았다.

"얼쩡대지 말고 꺼져라."

"세 자루 곡괭이 연합을 아는가?"

딱히 긴 대화를 나누긴 힘들 듯해서 즉시 본론을 꺼냈다.

세 자루 곡괭이 연합.

몇 개의 드워프 집단이 서로 합쳐진 연합의 이름이다.

그들은 세상 뒤편에 꼭꼭 숨어 있는데 만약 눈앞의 드워프가 그곳 소속이라면 빼내 줄 용의도 있었다.

'장비를 만드는 일이 조금 더 쉬워지겠지.'

세 자루 곡괭이 연합을 찾는대도 그들이 무영에게 무구를 만들어주는 건 별개의 일이었다.

불사조의 심장과 용의 뼈 등을 사용하려면 그들의 마음을 움직여야 한다.

하나 드워프는 은혜는 꼭 갚는 종족이다.

해당 소속의 드워프를 해방시켜 주면 무영의 부탁 하나 정도는 들어줄 수도 있었다.

"……그런 곳 모른다. 썩 꺼져라!"

몸이 움찔거렸다. 반응도 늦었다.

'알고 있군.'

무영은 철창에 다가가 소리를 죽였다.

"네가 그곳 소속이라면 꺼내주겠다."

당장은 아니다. 하지만 무영은 확정하며 말했다.

그러자 늙은 드워프가 목에 핏대를 세웠다.

"허튼소리. 도깨비 주제에 뭘 어쩌겠다는 거냐? 그리고 설령 그만한 금액이 있다고 한들 노예 따위가 될 바엔 혀 깨물고 죽는 게 낫다."

"그럼 지금 죽지 않는 이유가 뭐지?"

"뭐?"

"누군가의 노예가 되는 건 확정이다. 살아 있을 이유가 없지 않나."

살 이유가 없는데 살아 있다?

이 역시 거짓말이다.

무영의 비수처럼 날카로운 말에 늙은 드워프가 이를 꽉 깨물었다.

"놈……. 올로니스가 죽는 걸 보기 전엔 못 죽는다."

"그 노예 악마 말이냐?"

"그래. 놈은 투기장을 탈출할 온스를 충분히 모았음에도 몇 번이나 반복하고 있다. 내 아들, 내 아들도 그 개자식의 손에 죽었다."

쿵! 쿵!

늙은 드워프가 철창에 머리를 수차례 박았다.

이마에서 피가 흐르고 눈에선 광기가 느껴졌다.

"나를 사서 부리고 싶으냐? 그놈을 죽여라. 그리만 해준다면 네놈 똥구멍이라도 핥아주마. 불가능하겠지만 말이다."

늙은 드워프가 이죽거렸다.

"크흐흐흐흐! 크허허허헝!"

그러곤 기묘하게 웃다가 울었다.

제정신이 아니었다.

미친 게 틀림없었다.

아수라도의 망령들마저 반응하고 있으니 확실하다.

'올로니스라.'

그 노예 악마 올로니스와는 가급적 부딪히지 않으려고 했다.

악마가 왜 이런 투기장에 있는 건지는 모르겠지만 한 차례 싸우는 걸 본 것만으로도 상당한 강자임을 알아볼 수 있었기 때문이다.

당장은 어렵다.

"기다려라."

하지만 불가능하진 않았다.

우히는 이곳이 무영에게 많은 도움이 될 거라고 호언장담하였다. 무영의 무력 상황을 잘 알고 있는 우히가 그리 말했다면 강해질 방법이 도처에 꽤 많다는 의미일 것이다.

그것을 찾고 각성하면 올로니스와도 충분히 괜찮은 대결을 펼칠 수 있으리라.

무영은 몸을 돌렸다.

다음 날부터 본격적인 대전이 시작됐다.

〈대전료 500온스가 지불되었습니다.〉

〈기권을 외치면 대전료를 반납한 채 싸움을 종료시킬 수 있습니다.〉

〈무영 vs 전사 카움〉

〈승리 배당이 3.7 : 1.35로 책정되었습니다.〉

무영이 몸을 풀며 투기장에 섰다.

이윽고 반대편에서 웨어울프 하나가 모습을 드러냈다.

승리 배당을 보면 대부분의 이가 웨어울프의 승리를 점쳤다. 초보자의 행운을 믿고 무영에 배팅한 자들도 있긴 했지만 극소수였다.

'동시에 여러 개를 진행하는군.'

게다가 대전을 진행하는 건 무영과 웨어울프 외에도 많았다. 숫자가 숫자이다 보니 동시에 진행하는 모양이다.

하여튼, 무영은 이미 자신에게 남은 500온스를 걸어놓은 상태였다.

진다는 생각은 안 한다.

단지 어떻게 이기느냐를 고민할 따름이다.

'치열하게 싸우고 승리하는 것.'

이런 식의 도박은 적정선을 지켜야 더욱 유리하게 싸울 수 있다. 압도적으로 이기면 당연히 배당이 낮아지게 되어 있다. 계속해서 높은 배당으로 확실한 이익을 얻으려거든 아슬아슬하게 싸우는 모습을 보여줘야 한다.

결국 누가 누구에게 온스를 거느냐에 따라 배당 비율이 달라지는 탓이다.

"기권해라. 초보자를 죽이긴 싫다."

웨어울프가 무영을 대놓고 무시했다.

무영은 대답 대신 비탄을 꺼내 들었다.

그 모습을 보고 웨어울프가 혀를 찼다.

"도깨비는 나를 이길 수 없다."

이에, 무영은 작게 미소 지었다.

도깨비는 웨어울프를 이기지 못하는 게 맞다.

통상적으로는.

하지만 웨어울프는 알고 있을까?

무영이 모든 도깨비의 지배자 '움'이라는 사실을.

테두리 바깥에 있는 예외적 존재라는 사실을 말이다.

"마지막으로 경고한다. 기권…….'

"말이 많다."

무영이 먼저 움직였다.

비탄이 잘게 떨며 허공을 갈랐다.

웨어울프는 늑대의 기질을 강하게 타고난 이종의 괴물.

어느덧 공중으로 뛰어올라 전신의 털을 곤두세웠다. 바닥에 착지한 후 상체를 구부리고 눈을 반개하며 전투태세에 들어갔다.

"넌 마지막 기회를 놓쳤다."

마지막 기회?

무영은 어깨를 으쓱했다.

웨어울프의 민첩함은 무영도 익히 알고 있었다.

동시에 이곳 투기장의 레벨이 상당하다는 것도 깨달을 수 있었다.

'층을 내려갈수록 강자가 나올 터.'

현재 이곳은 5층이다.

10번 승리하면 아래층으로 내려갈 권리를 얻는다.

당연히 밑의 층으로 향할수록 더욱 강한 괴물이 튀어나오게 마련이었다.

그러니…….

'천천히, 얻을 수 있는 모든 걸 얻는다.'

당장 욕심낼 수 있는 건 역시 온스였다.

배당 비율을 조정하며 이득을 챙기는 것.

괴물들이 이상함을 눈치채는 건 무영의 주머니가 두둑해진 뒤일 것이었다.

무영만큼이나 '힘 조절'을 예술적으로 해낼 수 있는 자는 없다. 살수림의 살주 웡 청린조차 혀를 내두를 만큼 근육의 미세한 조정과 떨림마저 조율하는 게 무영이었으니.

그 정도로 정교한 작업을 괴물들이 어찌 눈치챌 수 있겠는가.

동체 시력이 아무리 좋아도 작정하고 작업하면 의아해할 수밖에 없다.

"발악해라! 오늘 너는 내게 사냥당한다."

웨어울프가 확언에 찬 목소리로 내뱉었다.

커다랗게 부푼 신체는 바위도 부술 수 있을 듯했고 날카로운 이빨과 손톱은 뚫어내지 못할 게 없을 것만 같았다.

웨어울프만이 아니다.

둘의 싸움을 지켜보는 모두가 그렇게 생각했다.

이 싸움의 결과는 처음부터 정해져 있다고.

도깨비는 웨어울프를 이길 수 없다고!

하지만 무영은 묵묵히 비탄을 들었다. 누구의 시선과 생각이 중요하지 않다. 어떠한 상황이건 무영 본인이 어떤 식으로 나아갈지가 중요했다.

하물며.

'사냥이라.'

무영은 웃었다.

착각은 자유였고.

거기다가 자신이 해줄 말을 대신 해주니 참으로 기특한 녀석이 아닐 수 없다.

촤악!

몸통과 분리된 늑대 머리가 공중을 날았다.

눈 깜빡할 사이에 벌어진 일.

웨어울프의 눈동자는 의아함으로 가득 차 있었다.

"크르륵! 똥개 새끼!"

"아깝다. 거의 다 왔는데……."

무영과 웨어울프의 싸움을 지켜보던 괴물들이 욕지거리를 내뱉었다.

비등한 싸움.

그야말로 한 끗 차이라는 게 실감되는 싸움이었다.

아니, 단순히 전투 양상만 보자면 웨어울프가 시종일관 우세했다.

실제로 무영의 몸도 만신창이였으니까.

하지만 한 방이 부족했고 결국 무영이 역전을 이뤄냈다.

한 편의 드라마와 같은 치열한 전투가 펼쳐진 것이다.

"허, 도깨비가 웨어울프를?"

"초보자의 행운이겠지. 마지막에 검이 튕긴 방향이 조금만 달랐어도 카움이 이겼을 거야."

웨어울프의 공격을 받던 도중 비탄이 튕겨 나갔다. 그리고 우연히 웨어울프의 눈을 찢었다.

의심할 여지가 없었다.

초보자의 행운.

검이 웨어울프의 눈을 찢지만 않았다면 도깨비가 이길 수 없는 싸움이었다. 장기적으로 가도 체력이 부족해서 끝장이 날 수밖에 없다.

당연히 이 모든 게 무영의 계산이라고 여기는 자는 아무도 없었다.

아무도.

'검로가 모두 보이는군.'

무영은 한 차례 뺨을 긁었다.

소드마스터 스킬이 생겨나고 검에 대한 이해도가 훨씬 올랐다. 이제는 검이 움직이는 대부분의 경로가 눈에 보일 수준이다.

비탄을 허리춤으로 가져가자 삑! 소리와 함께 공중에 뜬 거대한 전광판이 울었다.

이윽고 무영의 눈앞으로 결과가 나타났다.

〈무영 vs 전사 카움의 대전에서 무영이 승리했습니다.〉

〈배당 비율은 3.7배입니다. 축하드립니다.〉

〈500온스에 대한 배당과 대전료를 합쳐 2,850온스를 획득했습니다.〉

〈전적: 1승 0무 0패 기권 0〉

무영과 웨어울프가 지급한 대전료 각각 500온스씩 1천 온스가 더해져서 되돌아왔다.

한 번에 3,000온스 가까운 금액을 획득한 것이다.

이런 식으로 몇 번만 반복하면 몇만 온스쯤은 어렵지 않게 모을 수 있을 듯했다.

'올로니스.'

투기장을 떠나기 전, 무영은 대전장 위에 홀로 서 있는 올로니스를 바라봤다.

노예 악마. 양민 학살자라고까지 불리던 그의 상대는 끝내 나타나지 않았다.

'배당 비율이 1.01?'

놀라운 점은 거의 압도적이라 할 수 있는 비율이었다. 모두가 올로니스의 승리를 확신하고 있었다.

상대는 결국 기권했고 모든 배팅이 무산되긴 했지만 그만큼 올로니스가 '기피 대상'이라는 방증일 것이다.

'이곳에 모인 괴물 중엔 가장 강하다.'

무영은 그제야 확신했다.

투기장의 레벨이 전체적으로 높지만 그 정점에 있는 건 올로니스다.

마신 바싸고의 휘하 마족 중에서도 충분히 중위권 이상의 성적에는 들었을 악마가 왜 이런 장소에 있는 것인지.

'넘어야 할 산이다.'

무영은 다짐했다.

악마와의 만남은 예정에 없었지만 오히려 잘됐다.

자신의 한계를 시험하고 자신의 힘이 악마에게 얼마나 통할지 확인할 수 있는 절호의 기회다.

'내가 가는 길이 맞다면…….'

이길 것이고 그렇지 않다면 패배하리라.

무영의 눈빛이 깊게 가라앉았다.

2만 2천 온스.

무영은 다른 전투에 도박하지 않았다.

오로지 자기 자신의 싸움에 모든 온스를 걸었다.

그 결과 고작 3승 만에 2만 2천 온스를 손에 쥘 수 있었다.

하지만 거듭된 승리는 의심을 불러일으키게 마련이다.

아무리 박진감 있게 싸워도 의심이란 그런 것이었다.

여기서 한 번쯤 패배를 하거나 기권을 하면 그 의심의 눈초리도 지울 수 있으리라.

하나 그러기엔 걸리는 게 있었다.

'이런 종류의 시련은 반드시 솔로몬의 전당에 기록을 올릴 수 있다.'

솔로몬의 전당.

순위를 올리면 당연히 그에 따른 보상도 주어진다.

전당에 이름을 올리고 보상을 얻느냐, 온스로 이득을 취하느냐의 갈림길이었다.

'온스로 구매할 수 있는 건 노예나 잡화 정도다.'

상점에 들렀지만 무기나 방어구는 별게 없었다.

애당초 괴물들이 싸우는 투기장이니 인간이 사용할 법한 것을 팔고 있을 리 만무했다.

대신 잡화 쪽은 제법 눈길을 끄는 게 몇 있었다.

'계속해서 승리하면 모두 구할 수 있는 것들이지.'

상점 물건은 온스만 있다면 언제든지 구매할 수 있다.

하지만 전당의 보상은 희귀한 장비로 채워지는 경우가 더 많았다.

쉽게 구할 수 없고 구하기 까다로운 것들.

놓치기는 아깝다.

하여, 무영은 솔로몬의 전당에 이름을 올리는 쪽으로 가닥을 잡았다.

문제는 무영보다 강한 인간이 투기장에 참여했을 가능성이 높다는 것. 올로니스보다 강한 괴물이 아래에 존재할 수 있다는 점이다.

솔로몬의 전당에 들기 위해선 지금보다 강해질 필요가 있었다.

'투기장의 대전은 1:1 방식이다. 여기서 언데드를 사용할 순 없지.'

무영은 결단을 내렸다.

'영혼 착취 스킬을 사용한다.'

마지막 수로 사용하려 하였지만 결단한 이상 행동은 빠를수록 좋다. 언제나 만전의 상태로 모든 상황에 대비하려면 강해진 신체에 적응할 시간이 필요하다.

무영은 상태창 시계를 돌려 다시 한번 영혼 착취 스킬에 대한 설명을 읽었다.

스킬 명칭: 영혼 착취(F)

설명 – 예술 점수 70점 이상의 언데드를 흡수해 자신의 능력치로 만든다. 매우 낮은 확률로 언데드의 스킬 중 하나를 가져올 수 있다.

예술 점수, 스킬 랭크, 언데드를 만든 소재의 특성별로 효율이 상이하다.

예술 점수 70점 이상의 언데드는 한정적이었다.

왕자와 복수자들, 화염의 창병, 뇌전술사, 검은 태양 전사, 발탄, 그리고 하이데거.

그중 무영이 강해짐에 따라 조금씩 쓸모가 줄어들고 있는 언데드는 둘이었다.

'화염의 창병, 뇌전술사.'

둘 다 처음 마계로 발을 들일 때 난투의 시련에서 만든 언데드다. 오대세가의 유망주들로서 어린 나이치곤 상당한 실력을 갖고 있었다.

하지만 언데드가 되어 성장의 길이 막혔다. 당시에는 쓸모가 많았으나 점점 활용 빈도가 줄어들 건 예정된 일.

무영은 비좁은 방에서 둘을 소환했다.

"너희가 내 힘이 되어주어야겠다."

사형선고와 같았다. 이미 죽었다지만 혼마저 착취한다는 말이니 도리어 더 잔인하다.

그런 말을 무영은 아무렇지도 않게 꺼냈다.

"기꺼이, 바치겠습니다."

화염의 창병이 몸을 숙였다.

뇌전술사도 마찬가지다.

둘은 무영에게 종속된 언데드.

거부권은 처음부터 없었다. 주인이 죽으라면 죽고 살으라면 사는 언데드인 탓이다.

무영은 천천히 움직여 화염의 창병과 뇌전술사의 머리에 손을 얹었다.

아깝지만 해야 할 일이다.

둘의 힘은 무영의 몸속에서 양분이 되어 살아갈 것이다.

'영혼 착취.'

곧 영롱한 영혼이 두 언데드의 머리 위에 떠올랐고 그것을 쥐자 변화가 시작됐다.

〈각각 예술 점수 80점, 77점이 부여된 작품입니다.〉

〈소재와 스킬 랭크의 검토 결과 능력치 총합의 5%에 달하는 수치를 착취합니다.〉

〈'화염의 창병'이 가진 능력치 총합은 '495'입니다.〉

〈'뇌전술사'가 가진 능력치 총합은 '498'입니다.〉

〈이 중 '49'의 능력치가 무작위로 분배됩니다.〉

〈해당되는 순수 능력치가 100을 넘겼을 경우, 필요한 분배 능력치가 2로 올라갑니다.〉

〈힘 5(10), 민첩 3(6), 체력 6(8), 지능 5, 지혜 5, 투기 3, 마법 저항 7, 망혼력 5가 상승했습니다.〉

〈'화염의 포효' 스킬을 가져오는 데 성공했습니다!〉

화르륵!

무영의 전신에서 불길이 치솟았다.

불길은 아수라도의 망령을 자극했다.

망령들이 불꽃과 무영을 더욱 두껍게 감싸며 기묘한 상황을 연출했다. 마치 앞으로 무슨 일이 일어날지 알고 있다는 듯이 누구의 방해도 받지 않도록 견고한 벽을 세운 것이다.

이윽고 무영의 머리 위에 둥근 고리가 생겨나기 시작했다.

하나, 둘, 셋, 넷…… 다섯.

목(木), 화(火), 금(金), 수(水), 토(土)의 다섯 가지 기운을 담은 고리가 천천히 돌며 순환하였다.

그리고 순환하던 다섯 개의 고리가 하나씩 무영의 콧속으로 들어가자 무영은 벼락이라도 맞은 양 몸을 부르르 떨었다.

〈1차 각성의 조건이 만족되었습니다.〉

〈이미 환골탈태가 진행된 뒤입니다.〉

〈신체의 순수성과 균형이 완벽한 조화를 이뤘습니다.〉

〈'삼화취정'을 이루고 '오기조원'을 달성했습니다.〉

〈'정기신(精气神)'의 합일이 시작됩니다.〉

동시에.

무영의 몸이 천천히 떠올랐다.

'정은 물질적 차원의 것이고, 기는 생명의 근원이며, 신은 정신의 세계에 존재하는 것이다.'

머릿속이 하얗다.

중이 설법을 전파하듯 무영은 조용히 되뇌었다.

물아일체라 할 것이다.

누구의 방해도 받지 않고 누구도 방해할 수 없었다. 새하얀 세상에서 무영은 오로지 저 말만 반복했다.

반대로 망령과 불의 벽은 더욱 견고하게 세워졌다. 완전히 단절되었고 무영은 모든 걸 받아들이는 통로가 되었다.

물에 닿으면 물이 되고, 불에 닿으면 불이 되는.

물질과 영혼 모두가 통과할 수 있는 완벽한 순수를 손에 넣은 것이다.

하지만 그 순수가 될 수 있는 시간은 극히 짧았다.

짧았지만 영원과 같았다.

그리고 그 순수의 기로에서 무영은 누군가의 목소리를 들었다.

−무엇이 되고 싶느냐? 선택해라.

19장
절대자의 별

아아!

모든 인지를 초월한 목소리였다. 아수라에게서조차 느끼지 못했던 거대한 세계의 영향력이 그곳에 있었다.

목소리의 주인은 말하고 있었다.

너의 진정한 순수가 어디에 있느냐고.

예전, 오가르가 말했던 물음이 잠시 떠올랐다.

'나는 누구인가.'

도깨비도 인간도 아닌, 과거도 미래도 아닌 어중간한 존재.

그게 무영이었다.

무영은 번뇌에 들어갔다.

한계를 돌파하고 한 번 더 이겨냈기에 주어진 현상이고 선물이었다. 이 번뇌의 시간이 길어질수록 무영은 자신만의 순수를 찾아낼 수 있게 될 터.

무영은 거슬러 올라갔다.

그리고 천천히 돌아오길 반복했다.

'나는 뭐가 되고 싶은 거지?'

과거와 미래를 살펴서 자신의 순수에 던져진 유일한 물음.

영웅이 되고 싶은가?

아니면 마왕이 되고 싶은 건가.

복수를 끝마친 뒤 마신을 몰아내는 것만이 목적이었다.

하지만 그 뒤. 모든 걸 이룩한 뒤에 진정으로 되고 싶은 게 무엇인지 무영은 몰랐다.

처리한 다음 생각해도 늦지 않다고 여겼다.

그러나 아니었다. 그래선 아니 됐던 거다. 앞뒤가 바뀌어 있었다. 거기서부터 모든 게 조금씩 비틀어진 것이다.

만약 순수의 기로에 들지 못했다면 점점 멀어졌을 것이다.

'나는 무엇을 동경했던가.'

손을 뻗어도 닿지 않는 존재가 있었다.

수많은 이를 죽인 자신에게 그런 기회가 주어져선 안 된다며 외면했다. 그들과는 다른 길을 걸을 수밖에 없다고 자기 위안을 가졌다.

'영웅이 되고 싶었다.'

사실은 다르다.

무영은 영웅이 되고 싶었다. 암살자가 아니라, 마왕이 아니라, 사실은 영웅이 되고 싶었던 것이다.

자신이 죽인 용군주처럼.

끝까지 뜻을 관철하며 무영의 검에 죽어간 다른 영웅들처럼.

'하지만 될 수 없었다.'

불가.

사람을 죽이는 데 거리낌이 없고 필요하다면 누군가의 희생도 마다하지 않는 이런 이가 어찌 영웅이 될 수 있겠는가.

마왕 같은 영웅이 되고자 한 적이 있지만 반쯤 우스갯소리에 지나지 않았다.

그리고 그 생각은 순수의 기로에 선 지금도 변함이 없다.

단지 바라는 바가 있다면.

"절대자가 될 것이다."

어떠한 바람에도 흔들리지 않는 거목이 될 것이다.

도깨비면 어떻고 사람이면 어떤가.

영웅이면 어떻고 마왕이면 어떤가.

과거와 미래 역시 마찬가지다.

만물의 위에 서면, 극한에 도달하면 구분에 의미가 없는 법이다.

절대자.

모든 걸 초월한 그것이야말로 순수다.

오로지 하나의 형태로 인정되는 존재!

어느 누구도 흔들 수 없고 모두가 바라볼 수밖에 없는 하늘 위의 진정한 하늘이 그것이다.

그것이 무영의 순수였다.

〈절대자의 별이 태동을 시작했습니다.〉

〈'순수의 별'을 전승합니다.〉

〈삼화취정, 오기조원을 이룬 결과, 지능과 지혜가 큰 폭으로 상승했습니다.〉

긴 시간이 지난 느낌이었다.

며칠, 몇 달, 어쩌면 몇 년.

시간을 가늠할 수 없는 공간에서 무영은 그저 떠다닐 뿐이었다.

망령과 불길의 벽이 사그라질 때쯤 무영은 눈을 떴다.

'달라졌다.'

가장 먼저 몸이 달라졌음을 느꼈다.

내외적으로 모두.

피부는 막 태어난 아이처럼 보드라웠으며 모든 감각이 고양되었다. 주변에서 들리는 모든 움직임과 소리를 알 수 있었다.

뿐만인가.

'허.'

상태창 시계를 돌려 변화를 확인한 무영은 어이없음에 헛웃음을 흘리고 말았다.

각성의 결과로 많은 게 변해 있었다.

특히 마지막에 얻은 것은 말이 안 나올 수준이었다.

전승 효과 -〉
순수의 별(S. 모든 능력치+20. 절대자의 태동)

S등급!

절대자는 어느 곳에 치우침 없이 강해야 하기 때문일까.

A등급인 그레모리의 비탄은 3을 올려주는 데 그쳤지만 순수의 별은 모든 능력치 20을 올려주었다. 그만큼 A등급과 S등급 간의 간격이 엄청나다.

무영이 괜히 S등급의 무구를 만들거나 찾으려고 애를 쓰는 게 아니었다.

'태동. 랭크가 더 오를 소지가 있다는 뜻이다.'

하물며 이게 끝이 아니라면 상상만으로도 소름이 일 지경이다. 지능과 지혜의 순수 능력치도 각각 10가량 올라간 상태였다.

단 한 번의 각성이 무력 자체의 판도를 뒤집었다.

나머지 변화한 점을 살피며 무영은 스스로도 감탄을 내뱉을 수밖에 없었다.

능력치 →)

힘 162(109+53)

민첩 156(103+53)

체력 144(102+42)

지능 116(74+42)

지혜 112(70+42)

투기 104(66+38)

마법 저항 92(54+38)

망혼력 86(38+48)

특이사항 : 투기에 눈을 떴습니다. 1차 환골탈태(換骨奪胎)를 완료했습니다. 삼화취정, 오기조원을 이뤄 순수를 깨달았습니다.

주요 능력치 다섯 개 모두가 100을 돌파했다.

지능과 지혜는 스킬의 효율과 관계되어 있는지라 올리기가 매우 까다롭건만 그마저도 1차의 벽을 넘어선 것이다.

그리고…….

무영이 손을 내밀었다. 그 위로 불꽃이 맺혔다. 화염의 창병이 갖고 있던 '화염의 포효' 스킬이었다.

'처음으로 얻은 공격 스킬인가?'

영혼 착취를 사용하며 강제로 가져온 것이다.

따지고 보면 처음으로 제대로 된 공격 스킬을 얻은 셈이었다. 그동안 무영이 익힌 거라곤 언데드와 관련된 게 전부였으니.

화아악!

불꽃이 빠르게 타올랐다.

무영의 눈이 불꽃에 닿았다.

동시에 그 구조를 파악하고 조금 더 효율적으로 사용할 방법을 자연스럽게 깨달았다.

〈스킬 '화염의 포효'의 랭크가 상승했습니다. F →〉 E〉
〈스킬 '화염의 포효'의 랭크가 상승했습니다. E →〉 D〉
〈스킬 '화염의 포효'의 랭크가 상승했습니다. D →〉 C〉

'이건 무슨……'

무영의 몸이 움찔댔다.

한순간 집중하자 스킬의 랭크가 올라갔다.

무려 세 단계가 훌쩍 뛰어버린 것이다. 한 번 사용하고 바라보며 파악한 것만으로 말이다.

'지혜가 높으면 스킬 숙련도를 빠르게 올릴 수 있다. 하지만 그걸 감안해도 너무 빨라.'

불가능하다. 지혜 수치가 500에 달한 것도 아니고 말이 안 되는 속도였다.

그렇다면 다른 것에 원인이 있다는 것인데. 순수의 별이 이와 같은 효과를 가져다준 걸까?

무영은 고개를 저었다.

'삼화취정, 오기조원.'

아마도 이쪽이리라.

몸의 모든 통로를 열며 만물의 이해도 자체를 강제로 높여 버린 건 순전히 이 둘의 영향이었다.

'다른 스킬도 가능할 것이다.'

무영은 랭크가 낮은 스킬을 사용하며 시험해 봤다.

하지만 막상 랭크가 오른 스킬은 하나밖에 없었다.

'하늘의 눈.'

나머지 스킬은 요지부동이었다.

영주 스킬이야 땅과 영지민에 영향을 받으니 당연하다지만 하늘의 눈만 랭크가 오른 건 의외였고 이게 의미하는 바는 한 가지였다.

'로드 클래스가 가진 스킬의 랭크는 올릴 수 없나 보군.'

그 외 모든 스킬이 로드 클래스와 관련되어 있었기 때문이다.

하지만 이게 어딘가.

이미 지능과 지혜가 큰 폭으로 올랐다. 로드 클래스의 스킬만 아니라면 배운 즉시 C랭크로 올릴 수도 있다.

더 욕심내는 건 과욕이다.

〈대전 상대가 배정되었습니다.〉
〈투기장으로 나와주시길 바랍니다.〉
〈나오지 않을 시 500온스를 잃고 자동으로 기권 처리됩니다.〉

때마침 전투가 무영을 불렀다.
무영은 망령과 불꽃을 거둬들인 후 방을 나섰다.

쿵!
오우거의 상체가 바닥에 누웠다.
잘려 나간 팔과 머리는 깔끔하게 불타 있었다.
그리고 그 위에 무영이 섰다.

〈도깨비 무영 vs 오우거 파랏체의 대전에서 무영이 승리했습니다.〉
〈배당 비율은 1.15배입니다. 축하드립니다.〉
〈배당과 대전료를 합쳐 143,500온스를 획득했습니다.〉
〈전적 9승 0무 0패 기권 0〉

"싸울수록 강해지는군."
"처음부터 실력을 감춘 거겠지."

"9전 전승이라고? 기권도 없이?"

"오우거 파랏체면 5층 투기장의 패자 중 하나인데……."

웅성웅성!

이전처럼 시선이 없는 대결이 아니었다. 수많은 관중이 무영과 오우거의 사투를 주목했다.

결과는 이번에도 믿을 수 없는 승리였다.

연신 승승장구한 덕분에 배당 비율은 턱없이 낮아졌지만 설마 오우거 파랏체까지 이기겠느냐는 여론이 있었다.

도깨비와 오우거는 천적이라 봐도 무방할 정도로 격차가 심하게 난다. 그럼에도 무영의 배당이 낮은 건 그만큼 무영이 보여준 사투가 하나같이 긴장감 넘쳤기 때문이었다. 있을 수 없는 일이 일어나도 이상하지 않은 게 무영의 싸움 방식이었다.

이길 수 없다고 예언한 싸움에서 모두 승리했다.

무영은 지하 투기장의 신성으로 급부상하고 있었다.

'조금 위험했군.'

비탄을 집어넣었다. 이어 이마의 땀을 훔쳤다. 하지만 입가는 미묘하게 올라가 있었다.

위험한 순간은 있었지만 언데드나 망령의 도움 없이 홀로 오우거를 잡아낸 것이다.

얼마 전 '홈의 시련'에서 오우거와 맞붙었던 때와는 또 달랐다.

그때는 오우거 한 마리의 발목을 붙잡는 게 고작이었다. 망령을 이용했음에도 말이다.

하지만 이제는 본연의 힘으로 오우거와 사투를 벌일 수준까지 강해졌다.

'14만 온스.'

부가적인 수입도 있었다.

14만 온스면 늙은 드워프를 사고 상점가의 어지간한 물건도 구입할 수 있는 수준.

전략적으로 패배와 기권을 사용했다면 더욱 많은 온스를 거머쥐었을 테지만 솔로몬의 전당에 이름을 올리려면 어느 정도의 절제도 필요했다.

무영은 고개를 들어 전광판을 바라봤다.

공중에 떠 있는 커다란 전광판에는 승률에 따른 순위가 적혀 있었다.

공동 1위는 둘이었고 그중 하나는 당연히 무영이었다.

그리고 나머지 한 명은 올로니스였다.

올로니스도 막 대전을 끝낸 것이다.

'9승 0무 0패.'

무영과 다를 바 없는 전적.

하지만 다른 게 있다면 올로니스는 단 한 번의 싸움도 없이 전승을 거머쥐었다는 점이었다.

그와 대전이 결정된 모든 괴물이 기권을 선언했다

"올로니스와 무영! 둘 다 10승제를 걸고 싸우겠군."

"아무리 도깨비가 9전 전승을 했다고 해도 올로니스는 못 이기지."

"크륵, 저놈이, 어떤 놈인데."

"도깨비도 머리가 달렸으면 기권하겠지."

동시에 화두로 떠오른 화제가 있었다.

바로 무영과 올로니스의 대결이다.

다음 상대로 녀석이 지목될 가능성이 상당히 높았다.

하지만 이번에는 모든 이가 올로니스의 승리를 확신했다. 단 한 명도 무영을 두둔하는 이가 없었다.

'완전히 적응은 못 했지만, 나쁘지 않다.'

각성으로 인해 갑작스럽게 강해진 육체다. 천하의 무영이라도 적응하는 데 시간이 걸리는 건 당연한 일이었다.

실제로 적응을 끝냈다면 오우거와의 싸움도 크게 어렵진 않았을 터였다.

하지만 올로니스와의 싸움이 기대되는 것도 사실이었다.

어차피 한 번은 넘어야 할 산.

무영이 고개를 돌려 올로니스를 바라본 순간이었다.

〈대전 상대가 정해졌습니다.〉

〈도깨비 무영 vs 노예 악마 올로니스의 대전이 시작되었습니다.〉

호랑이도 제 말 하면 온다던가.

무영과 마찬가지로 올로니스 역시 대전을 막 마쳤다.

한데 쉬지 않고 바로 다음 상대로 지목된 것이다.

둘의 눈이 얽혔다.

그리고 올로니스가 한쪽 손을 들었다.

〈올로니스가 기권했습니다.〉

"기권?"

"그 올로니스가? 말도 안 돼!"

"도깨비한테 정말 뭔가가 있는 건가? 허!"

관중석의 모든 이가 자리에서 일어났다.

올로니스는 투기장의 최강자다. 모든 괴물이 싸워보기 전에 포기할 정도로 막강한 존재였다.

그런데 기권이라니.

초유의 사태가 벌어진 것이다.

무영 역시 어이가 없기는 마찬가지였다.

넘어야 할 산이라 여기며 만전을 기하려 했건만.

이에 다시 한번 올로니스를 바라보자 그의 입이 움직였다.

'우리가 싸울 장소는 여기가 아니다.'

조용히 그 말만 내뱉은 채 올로니스가 몸을 돌려 투기장을 벗어났다.

무영의 눈썹이 살짝 휘었다.

여기가 아니라니. 그럼 어디서 싸운단 말인가.

주변 반응을 보면 올로니스가 기권을 한 전례가 없는 듯싶었다.

모두가 경악을 쏟아냈다. 그 중심에 무영이 있었다.

대전 상대로 지목된 모두가 기권할 정도로 올로니스에 대한 평가는 최강자에 가까웠다.

또한 올로니스와 대전한 자는 반드시 죽거나 그에 준하는 타격을 받았음이 틀림없었다.

한데, 왜?

'놈은 나를 알지 못한다.'

무영은 확신했다.

올로니스는 악마다. 제3좌 바싸고의 휘하에 있었던 자.

하지만 아직 마계에서 무영의 존재를 아는 이는 없었다.

마신과 마왕을 비롯한 초월자들이 현재의 무영을 신경 쓸리 만무했으므로.

무엇보다 무영은 순수를 깨달으며 진실과 거짓을 더욱 확연하게 구분 지을 수 있게 되었다. 상대의 감정 따위도 미약하게나마 느낄 수 있다는 뜻이다.

올로니스의 말에 내포된 감정은 '호기심'에 가까웠다.

호기심. 누군가를 탐구하고자 하는 욕구!

'내 변화를 알아차린 건가?'

무영은 각성하며 벽을 부쉈다.

뚫은 수준이 아니라 지금 단계에선 불가능한 일을 해냈다.

그러나 투기장의 어떠한 괴물도 무영의 변화를 감지하지 못했다.

오로지 올로니스만이 무영이 강해졌음을 눈치챈 듯싶었다.

각성 이후부터 간혹 그의 시선이 무영에게 닿았던 것이다. 고작 한마디에 불과했지만 호기심 외에 호승심 또한 포함돼 있었다.

'더욱 넓은 무대가 필요한 모양이군.'

무영은 고개를 주억였다.

싸움을 피하려는 의도는 없어 보였다.

보다 넓은 곳에서 화려한 싸움을 원한다면 무영도 마다할 이유는 없었다.

무영에 대한 소문은 빠르게 퍼졌다.

10전승. 다음 층으로 향할 권리를 갖게 됐다.

하지만 그보다는 올로니스의 기권을 받아낸 유일한 도깨비로 주목받았다.

그리고 그 소문은 늙은 드워프의 귀에도 들린 모양이었다.

"올로니스가 기권했다는 게 사실이냐?"

그의 눈이 붉게 충혈되어 있었다. 믿기지 않는다는 눈초리로 무영을 바라봤다.

당연하다면 당연한 일이다.

도깨비의 위상은 괴물들 사이에서도 형편없는 수준이다. 두억시니가 있다고 해도 극소수. 변방을 전전하는 게 고작인 괴물이 도깨비다. 그래서 강력한 '움'의 출현을 기다리고 기다렸던 것이다.

무영이 모든 대전에서 승리한 건 대단하지만 어느 누구도 올로니스가 기권할 거라고는 생각하지 않았다.

반대로 무영이 처참하게 짓밟힐 걸 예상하고 있었다.

"맞다."

철컹!

무영이 긍정하자 늙은 드워프가 철창에 바짝 몸을 들이밀었다.

"올로니스는 단 한 번도 기권한 적이 없다. 네놈이 무서워서 도망을 간 것일 테지?"

늙은 드워프는 절실했다.

자신의 아들을 죽인 원수가 올로니스인 탓이다.

때문에 자신이 믿고 싶은 대로 믿으려 했지만 무영은 부정했다.

"도망은 아니다. 하지만 올로니스가 피하면 나도 방법이 없다."

세 자루 곡괭이 연맹을 찾아가 장비를 만들게 할 가장 최적의 방법이 눈앞의 늙은 드워프를 데려가는 것이었다.

그가 무영을 두둔한다면 일이 보다 쉽게 풀릴 터.

가능하다면 연맹의 주인인 '신의 망치 바타스'에게 직접 맡길 셈이었다.

하나 그러기 위해선 올로니스의 죽음이 필요하다.

올로니스가 계속해서 피하거든 방도가 없는 것이다.

늙은 드워프가 고개를 저었다.

"아니, 2층부터는 상대를 강제로 지목할 수 있다. 거부하면 노예가 되지. 놈의 성격상 죽으면 죽었지 노예가 되는 길을 선택하진 않을 거다."

"그렇다면 다행이군. 기다려라."

무영은 몸을 돌렸다.

노예 시장에 온 것은 단지 늙은 드워프의 의견을 듣기 위함이었다. 지금도 처음과 같은 마음가짐인지 말이다.

다행히 그 마음에 변함은 없는 것 같았다.

"나를, 나를 데려가라! 진정으로 놈을 죽이려면 내 도움이 필요할 것이다."

막 발을 떼려던 순간 늙은 드워프가 외쳤다.

다시금 늙은 드워프를 바라보자 그가 연이어 입을 열었다.

"처음에는 긴가민가했다. 나를 두고 장난이라도 치는 줄 알았다. 그러나 아니었어. 너는 진짜다. 내가 걸 마지막 희망!"

광기가 사라졌다.

대신 열변을 토하며 무영을 설득했다.

"계속해서 싸우려거든 장비의 정비가 필수다. 그리고 정비에 있어서 나를 따라올 드워프는 몇 없다. 부디 내가 돕게 해다오. 내가 고친 무기로 놈의 머리를 잘라다오."

쿵! 쿵!

늙은 드워프가 머리를 박았다.

그는 무영에게서 진짜 희망을 보았다.

여태껏 그의 능력을 얻고자 많은 이가 사탕발린 말을 했지만 모두 거짓이었다.

올로니스와 대적할 수 있는 자는 한 명도 없었다. 도리어 도망가기 바빴다.

하지만 눈앞의 도깨비는 다르다.

천하의 올로니스가 피해갈 정도라면 마지막 혼을 불사를 만하였다. 자신이 손본 무기가 올로니스의 목을 관통한다면 그보다 통쾌한 복수는 없다.

무영은 가만히 늙은 드워프를 바라보았다.

'안 그래도 내구가 닳아가는 장비가 많았지.'

드워프의 손재주는 따라올 종족이 없다. 하물며 정비의 대가라니 일을 맡기기에 안성맞춤이었다.

수십 번은 더 싸워야 하는 만큼 자처하여 도와준다면 나쁠 게 전혀 없다.

천천히 철창 쪽으로 다가갔다.

〈드워프를 구매하는 데 50,000온스가 필요합니다.〉

〈구매하시겠습니까?〉

무영이 고개를 끄덕이자 철컹! 소리와 함께 철창이 내려가기 시작했다.

이윽고 늙은 드워프의 이마에 무영의 이름이 새겨졌다.

노예의 낙인이다.

자존심 높은 드워프라면 낙인이 새겨진 순간 자결해도 이상하지 않다. 하지만 늙은 드워프는 자결은커녕 무영의 앞에 무릎을 꿇었다.

"제 이름은 칼무흐. '황금 망치' 부족의 수석 대장장이입니다."

말투마저 바뀌었다.

노예의 낙인이 새겨진다고 절로 존경심이 들거나 하진 않는다. 주인의 말에 강제력이 생기고 노예는 주인에게 물리적인 해를 입히지 못하는 게 전부였다.

극진한 태도는 아니었지만 따르겠다는 방증이었다.

이어 칼무흐가 눈을 빛냈다.

"만약, 올로니스를 죽여만 주신다면 제 목숨을……."

"필요 없다."

즉답.

칼무흐가 의아한 표정을 지었다.

하지만 무영은 칼무흐가 할 일을 정확히 지적해 주었다.

"너는 고치고 나는 싸운다. 지금 네가 집중해야 할 일은 그것뿐이다."

목숨을 바치건 뭐를 하건 그건 나중의 일이다.

무영의 쌀쌀맞은 반응에 칼무흐가 미소 지었다.

자신이 따를 사람을 제대로 골랐다는 듯이.

"맡겨만 주십시오."

남은 온스를 전부 사용해서 칼무흐가 사용할 도구를 구매했다. 꾸준히 사용할 걸 생각하면 전혀 아깝지 않았다.

게다가 대장장이가 성심성의를 다해 수선하면 기존에 가졌던 장비의 능력이 더욱 향상되는 경우도 있었다.

'칼무흐의 실력을 봐야겠지.'

문제는 그런 경우가 극히 드물다는 것.

무에서 유를 만들어내는 일이다. 드워프 중에서도 상당한 실력자만이 가능한 일이었다.

칼무흐는 스스로를 수석 대장장이라고 말했다.

기대해도 될 듯싶었다.

무영은 수리가 불가한 비탄을 제외한 모든 장비의 수선을 맡겼다.

"방어구가 낡았군요. 장비를 만든 이의 실력이 출중해서 그나마 버티고 있는 것입니다."

무영이 입고 있는 장비는 거의 다 시련을 통해 구한 것들이었다. 연식이 오래돼도 이상하진 않았다.

거기다 따로 누군가에게 맡긴 적이 없으니, 미치광이 군주 세트는 내구가 상당히 깎여 나간 상태였다.

"수리가 가능하겠나?"

"맡겨만 주십시오. 제 실력을 보여드리겠습니다."

칼무흐가 자신만만하게 망치를 들었다.

깡! 깡! 깡!

일정한 리듬을 타며 칼무흐가 손을 놀렸다.

작업은 오랫동안 계속되었다. 하나를 수선하는 데 12시간가량이 들어갔다. 그럼에도 칼무흐는 쉬지 않았다. 한 치의 흐트러짐 없이, 고도의 집중력으로 그저 망치질을 해나갈 따름이었다.

장장 5일이 흐르고 나서야 칼무흐가 희멀건 얼굴로 무영에게 수선한 장비를 내밀었다.

"……끝났습니다."

"대단하군."

솔직히 완성된 결과물을 보고 놀랐다.

무영이 많은 드워프를 본 건 아니지만 그중에서도 칼무흐의 실력은 정상급이라 할 만했던 것이다.

맡긴 장비 모두가 새것처럼 깔끔했다. 도리어 몇몇 장비는 최대 내구가 상승하기까지 했으니.

'그림자 갑옷의 능력치가 달라졌다.'

더욱 놀라운 점은 그림자 갑옷의 변화였다.

명칭: 그림자 갑옷

등급: B+

분류: 장착형

내구: 22,000

효과: 대장장이 칼무흐에 의해 장비의 성능이 상향되었다.

* 민첩+5

* 하루 세 번 시야에 있는 그림자로 이동을 가능하게 해준다.

민첩 5는 본래는 없던 능력치였다. 정말로 무에서 유를 창조해 낸 것이다.

어지간한 장인도 해내지 못하는 일을 해냈다.

"앞으로도 잘 부탁드리겠습니다."

무영의 표정을 본 칼무흐가 씽긋 웃었다.

무영은 5층을 벗어나 4층으로 향했다.

리빙 아머의 안내에 따라 투기장에 발을 들이자 10명가량의 괴물이 서로 맞붙어 혈투를 벌이고 있었다.

"4층은 최대 5:5의 싸움이 가능한 전장입니다. 물론 혼자 싸우셔도 좋지만 어지간하면 동료를 구하는 게 낫습니다. 그래도 언제나 뒤를 조심해야 합니다. 같은 편이라도 언제고 배신할 수 있습니다."

칼무흐가 조언했다.

그는 노예고 무영의 물건처럼 취급되었기에 따라올 수 있었다.

무영은 눈을 돌려 다시 투기장을 바라봤다.

"액티브, 방어막! 액티브. 좀 더 단단하게!"

유독 눈에 띄는 사람이 한 명 있었다.

버그.

무영이 장비를 정비한 5일 동안 10승을 채우고 4층으로 향한 모양이다. 그의 주변엔 사람 셋이 함께하고 있었다. 아무래도 같이 왔다던 동료들인 듯싶었다.

다들 호흡이 척척 맞아서 별 피해 없이 승리할 수 있었다.

'연계가 좋군.'

무영은 짧게 평하고 움직이려 했다.

그러나 다음에 나타난 이를 보고 잠시 멈춰 설 수밖에 없었다.

"오, 올로니스!"

빠드득!

칼무흐가 이를 갈았다. 다름이 아니라 올로니스가 홀로 투기장에 모습을 드러냈기 때문이다.

반면 상대는 다섯의 다크 엘프 남성이었다.

"네가 아무리 학살자라 하더라도 우리 다섯을 이기진 못할 거다."

"약한 놈들이 뭉치면 꼭 그런 말을 하더군."

다크 엘프는 민첩하기로는 둘째가는 종족이다.

대전이 시작되자 쏜살같이 파고들어 혼자 나온 올로니스를 감쌌다.

하지만 무리였다.

올로니스가 이빨을 드러낸 순간 주변 공간에 검은 아지랑이가 피어올랐다. 이내 바닥에서 손이 뻗어 나와 다크 엘프들의 발을 부여잡았다.

그러곤 다크 엘프를 바닥 속으로 끌어들였다.

"내 아들, 내 아들도 저곳에!"

무영은 뛰쳐나가려는 칼무흐의 어깨를 붙잡았다.

"참아라."

"하, 하지만."

"너는 고치고, 나는 싸운다."

"……알겠습니다."

다시금 서로의 역할을 강조하자 칼무흐가 입술을 깨물며 한 발자국 물러났다.

'망령 계열의 스킬을 사용할 줄 아는군.'

무영과 비슷한 계열의 스킬이었다.

그래도 5층과 달리 4층부터는 그가 싸우는 모습을 계속해서 볼 수 있을 것 같았다.

정보를 축적하며 대비하면 승률은 올라간다.

이왕 늦어진 싸움이다. 더욱 확신을 기한 다음 싸워도 충분하다.

새로운 면모를 확인한 무영이 다시금 발걸음을 옮겼다.

배정된 방에 들어서자마자 누군가가 찾아왔다.

똑똑 하는 소리에 칼무흐가 방의 문을 열자 한 남자가 어색한 표정으로 입을 열었다.

"저, 잠시 대화 좀 가능하십니까?"

굉장히 긴장한 얼굴.

무영도 약간은 의외라는 듯 상대를 바라봤다.

지팡이를 쥔 채 식은땀을 흘리며 찾아온 이는 버그였다.

"말해라."

빙빙 돌아가는 건 질색이었다.

무영이 냉담하게 답하자 버그가 침을 꿀꺽 삼켰다.

"그럼 단도직입적으로 말하겠습니다. 저희 파티에 들어와 주십시오."

"이유는?"

"혼자 싸우는 것보단 다섯이 낫지 않겠습니까? 현재 한 자리가 공석입니다."

무영은 몇 시간 전의 기억을 떠올렸다.

버그는 동료 셋과 함께 투기장을 휘젓고 있었다.

다섯에는 못 미쳤지만 그것만으로도 충분했다.

충분히 베테랑 모험자라고 불릴 만한 호흡이고 그만한 무력 또한 갖췄다.

아무리 적게 잡아도 5년 차.

거기다가 네 명 모두 특수한 클래스를 보유하고 있는 것 같았다.

능히 5층을 벗어나 아래층으로 향할 수 있을 터.

"너의 눈에 비치는 나는 인간이 아닐 텐데."

"다른 괴물과 무영 님은 다릅니다. 엘리스도 괜찮다고 하더군요."

"엘리스?"

"아, 저희 파티원 중에 한 명입니다. 위험을 감지하는 데 도가 텄지요. 상대의 성향이나 전투력을 알아낼 수 있는 보조 능력을 지녔습니다."

동료의 능력을 술술 부는 건 위험한 일이다.

전력을 노출시키는 셈이니 일종의 도박과 같았다.

그만큼 무영을 동료로 영입하고 싶다는 뜻.

"이유는?"

"올로니스, 놈과 부딪혀 이길 자신이 없습니다."

"기권하면 되지 않나?"

"그게…… 한 번이라도 기권이나 패배를 하면 안 되거든요."

조심스럽게 답했다.

버그의 말이 무엇을 의미하는지 무영은 단박에 알아차렸다.

'솔로몬의 전당을 노리고 있군.'

기록을 세워 보상을 얻으려 하는 것이다.

무영과 같은 속셈을 가지고 있었다.

하지만 전당에 기록을 올릴 수 있는 사람의 숫자는 한정되어 있다.

'차라리 혼자가 낫다.'

저들 넷과 힘을 합치면 올로니스도 타도할 수 있을지 모른다. 그만큼 네 명은 제법 강했다.

그러나 무영이 들어가면 올로니스는 다시 기권하며 기회를 노릴 것이었다.

누군가와 호흡을 맞추는 것도 어색한 데다 투기장의 내용도 계속해서 바뀌니 언제까지고 동료라 할 수 없었다.

"거부한다."

"다시 한번 생각해 보십시오. 분명히 무영 님도 강하지만 올로니스는 더 강합니다."

버그는 확신하며 말했다.

아마도 엘리스라는 여자가 무영과 올로니스의 전투력을

비교한 모양이었다.

'스카우트 계열의 클래스인가.'

간혹 상대의 강함을 볼 수 있는 특이한 클래스도 있긴 있었다.

전투력이란 건 말 그대로 무영의 능력치나 스킬을 활용해 낼 수 있는 힘의 수치를 말하는 것일 테다.

순수를 깨닫고 각성을 이뤘음에도 올로니스에 비하면 부족하다.

하지만 진다는 생각은 하지 않았다.

'전투력이 진부가 아니다.'

싸움이란 소수점 단위로 이뤄지는 판단의 연속이다. 조금의 실수가 치명적인 결과를 불러오게 마련이다.

무력만큼, 어쩌면 무력보다 중요한 게 경험이다.

경험은 실수를 줄이고 상대를 파악하는 데 가장 주효한 수였다.

그리고 무영은 경험의 총체라 불릴 만했다.

수천, 수만 번의 전투는 무력의 단순 비교를 불가하게 만드는 요소였다.

"나는 지지 않는다."

"……후, 알겠습니다. 저 혼자 고집을 꺾을 수 있을 것 같진 않군요. 함께 싸워 달라는 말은 더 안 하겠습니다."

버그가 한숨을 내쉬었다.

무영이 참여한다면 일당백의 전사를 얻는 것과 같았다. 다른 동료는 반대했으나 사실 버그도 알고 있었다.

전투력이 전부가 아니고 무영이 그 이상으로 강하다는 걸.

처음 봤을 땐 도깨비라고 무시한 감이 없잖아 있었지만 모든 전투를 지켜보며 생각이 달라졌다.

그는 강자다.

싸울 때마다 강해지는 진짜 강자였다.

어떻게든 영입하는 게 목적이었지만 실패하고 말았다.

버그가 시선을 돌려 아래쪽을 바라봤다.

"대신이라고 하긴 뭐하지만 드워프를 잠시 빌려주시지 않겠습니까? 값은 치루겠습니다. 보시다시피 장비가 좀 너덜너덜해져서……."

"2만 온스."

"네?"

"개인당 2만 온스면 고쳐 주마."

"너무 비쌉니다. 저 드워프 가격이 5만 온스 아니었습니까?"

무영은 고개를 저었다.

"칼무흐는 노예가 아니라 장인 레벨의 대장장이다. 그가 집중해서 손을 대면 장비의 능력이 상향되지. 진정으로 그의 마음을 얻은 자만이 누릴 수 있는 혜택이다."

그 혜택을 베풀어주겠다는 말이다.

칼무흐는 노예가 아니라는 발언에 감동했으며 반대로 버

그는 잠시 놀랄 수밖에 없었다.

장인 레벨의 대장장이는 극히 드물다. 거대 길드에 포섭되어 있는 경우가 대부분이고 고위층만 이용하는 게 가능하다.

그 정도의 장인을 잠시나마 빌릴 수 있다면 금액이 문제가 아니다. 게다가 이 거래를 통해서 어쩌면 무영의 환심을 조금이라도 살 수 있지 않을까 하는 계산이 들었다.

꿀꺽!

"잠시만 기다려 주십시오. 동료들과 상의하고 돌아오겠습니다."

버그가 부리나케 문을 뛰쳐나갔다.

무영은 그 뒷모습을 바라보며 생각했다.

'마침 잘됐군.'

칼무흐에게 필요한 물건을 사느라 온스가 부족했던 참이다. 8만 온스라면 밑천이 되기에 충분했다.

'올로니스를 견제할 좋은 패가 되어줄 것이다.'

칼무흐를 빌려주는 이유는 또 있었다.

올로니스의 견제. 저 4명이라면 올로니스와도 좋은 싸움을 펼칠 것이고 거기서 데이터를 뽑아낼 작정이었다.

"정말 괜찮겠습니까? 저들과 싸우게 될지도 모릅니다."

"상관없다. 최선을 다하도록."

무영은 평온했다.

저 넷이 괴물이었다면 아무리 온스가 필요해도 이런 도움을 주려고 하지 않았을 것이다.

하지만 버그를 비롯한 네 명은 사람이었다.

그리고 사람을 상대하는 데 있어서 무영을 따를 자는 없었다.

〈현상금! 15전 전승을 이룬 '무영'에게 현상금이 붙었습니다.〉
〈현상금이 150,000온스로 책정되었습니다.〉

쿠웅!

우드 골렘이 쓰러짐과 동시에 전광판에 떠오른 글귀였다.

15승 0무 0패.

현재 무영이 이룬 전적이었고 덕분에 현상금이 붙은 것이었다.

'올로니스는 50만이다. 전적은 비슷하지만 그의 영향력이 더 크다는 방증이겠지.'

놈은 5층에서도 유명했다.

벌써 몇 번이나 투기장을 도전했기 때문이다.

듣기로는 7번째라는 것 같았다.

정작 그가 무슨 이유로 투기장을 반복하는지 아는 이가 없었다.

〈무영 vs 우드 골렘의 대전에서 무영이 승리했습니다.〉

〈배당 비율은 1.7입니다. 축하드립니다.〉

〈1,000온스의 대전료를 포함하여 694,770온스를 획득했습니다.〉

상념을 이어 나가고 있을 때 보상이 주어졌다.

대략 70만 온스.

무영이 다섯 번의 대전을 더 치르며 모은 금액이었다.

5층과 달리 4층은 괴물들도 적극적이었다.

5층은 생존이 주목적이었다면 이곳의 괴물들은 탈출이 주목적이다. 하지만 탈출 티켓은 무려 100만 온스나 하는 거금을 들여야 한다.

온스는 항상 부족할 수밖에 없었고 그래서인지 투기장 외에도 다른 시설이 하나 더 추가되어 있었다.

바로 '판매소'였다.

판매소에선 모두가 상인이고 고객이었다.

판매하고자 하는 물건을 늘어놓고 흥정하며 구매와 판매를 거듭하는 곳.

무영은 그곳을 한 바퀴 돌았다.

"은빛 십자군의 반지. 10만 온스."

"거무튀튀한 전투 장화. 20만 온스에 판다."

의외로 많은 물건이 매번 새롭게 등장하고 있었다.

대전 상대를 죽이고 물건을 빼앗아 이처럼 판매하는 것이었다.

투기장의 규모는 상상을 초월했고 매일 수백의 괴물이 죽어간다. 당연히 그만한 매물도 나오게 되어 있다.

그리고 무영은 이곳을 하루도 빠짐없이 거닐며 필요한 물건을 눈여겨보는 중이었다.

'본래라면 돈 주고 사는 게 아까울 물건이 대부분이지만.'

거의 9할의 물건은 상태가 좋지 않았다. 오래되어 헤지거나 녹슨 게 대부분이다.

하물며 그런 것들이 가격도 비싸다.

괴물들도 그 사실을 알지만 절대로 가격을 깎지 않았다.

경제적 관념이 희박한 괴물이 대부분이었고 팔리지 않을 걸 알면서도 끝까지 고집을 부린다.

하지만 무영에겐 대장장이 칼무흐가 있었다.

장비의 본래 모습을 되찾아주고 낮은 확률로 그 이상의 성능을 발휘하게 해주는 보배.

'좋은 것과 나쁜 것의 가격이 같다는 건 물건을 보는 눈만 있다면 충분히 이득을 취할 수 있다는 소리와 진배없지.'

그렇다.

괴물들은 경제관념이 희박하다.

좋은 물건과 나쁜 물건을 같은 가격에 판매하곤 했다.

알아보지 못한 이는 제대로 당하겠지만 무영에겐 물건을

알아볼 수 있는 스킬이 있었다.

'하늘의 눈.'

하늘 도서관의 모든 지식을 이용할 수 있게 해주는 스킬!

C랭크가 된 하늘의 눈의 쓰임새는 무궁무진했다.

가령 지금처럼.

명칭: 낡은 귀걸이

등급: F

분류: 장착형

효과: 너무 낡아서 능력이 비랜 귀걸이. 잘못 착용하면 파상풍에 걸릴 수 있으니 주의.

　** 시크릿 네임: 약자멸시(A++)

　** 시크릿 옵션: 부상을 입은 상대의 정기를 갈취한다.

숨겨진 이름과 효과를 엿보는 게 가능해진 것이다.

하물며 본래의 랭크마저도 알 수 있게 되었다.

'A랭크에 유니크라!'

무영의 동공이 잠시 확대되었다.

A등급 중에서도 유니크 확정을 받는 물건은 거의 없다.

'+'는 최대 세 개까지 붙을 수 있고 각각 레어, 유니크, 에픽의 순서로 강력한 능력을 발휘한다.

일반적인 스카우트 스킬로는 결코 알아낼 수 없는 것들이다. 무영이 가진 하늘의 눈은, 그야말로 모든 지식을 담아낸 스킬이었기에 알아볼 수 있었던 것이다.

그것도 랭크가 낮았다면 불가능했겠지만 시기가 더없이 좋았다.

"이 귀걸이를 사고 싶다. 얼마지?"

"취익, 20만 온스, 다."

오크 한 마리가 무영을 쳐다보지도 않고 말했다.

가판 앞은 말 그대로 파리가 날리고 있었다.

이런 낡은 귀걸이 따위를 누가 20만 온스나 주고 사겠는가. 오크도 무영이 구매할 리 없다고 생각하는 모양이었다.

산다면 그건 미친놈이다.

그리고 무영은 미친놈이 되었다.

"구매하지."

"취이익. 20만 온스. 안 깎아준다."

무영은 어깨를 으쓱하며 종이 한 장을 꺼냈다.

특수한 재질로 만들어진 종이 위에 숫자를 적어 건네자 오크가 고개를 주억였다.

무영은 천천히 귀걸이를 쥐었다.

'약자멸시. 좋은 걸 건졌군.'

낡은 건 수리하면 그만이다.

설마 이런 장소에서 이만한 물건을 구할 수 있을 줄은 몰랐다.

며칠간 드나들며 제대로 마음에 든 귀걸이였다.

무영이 몸을 돌려 떠나가자 오크가 배를 퉁퉁 두드리며 웃었다.

"호구, 호구다. 취이익."

무영에 대한 소문은 금세 퍼졌다.

아무 물건이나 비싸게 주고 구매하는 호구!

온스를 버는 족족 이상한 물건을 사는 데 모두 들여서 비웃는 자가 많았다.

하지만 무영은 개의치 않았다.

그런 소문 따위에 휩쓸릴 무영이 아니었고 정작 그들의 비웃음과 달리 확실하게 실리를 챙기고 있었다.

'선혈의 무릎 보호대, 흉신의 검, 약자멸시.'

그중 최종적으로 세 가지를 선별했다.

시크릿 네임과 옵션이 아무리 좋아도 본래의 능력 자체가 별로인 물건도 꽤 있었다.

하여 무영이 착용해서 쓸 정도로 좋은 장비는 저 세 개가 전부였다.

하지만 충분하다.

저 세 개의 장비만으로도 무영은 상당한 힘을 손에 넣을 수 있었다.

'내게 시간을 주어선 안 됐다.'

투기장 내에서조차 무영은 빠르게 강해지는 중이었다.

거기다가 장비까지 순조롭게 강화되어 갔다.

차라리 5층에서 대전 상대로 지정되었을 때 싸웠다면 올로니스의 승률이 더욱 높았을 것이다.

하지만 그는 무영에게 시간을 줬고 그게 결정적인 요인으로 작용할 터였다.

올로니스의 승률은 조금씩, 계속해서 낮아지고 있었다.

반대로 무영은 밑에서부터 착실하게 모든 걸 집어삼키고 있었다.

'아주 좋군.'

판매소에서 구한 장비들을 전부 착용한 뒤 만족스럽게 고개를 끄덕였다.

착용한 즉시 힘이 넘쳤다. 전보다 강화되었다는 느낌이 매우 강하게 들었다.

전혀 기대도 하지 않고 있었건만.

투기장은 무영에게 상상 이상의 성장을 가져다주었다.

'이게 전부가 아니다.'

이제 4층이다. 내려가면 또 어떤 것을 얻을 기회가 생길지 모른다.

무영은 손에 든 검을 비롯하여 이번에 새로 챙긴 장비를 한 차례 더 살폈다.

명칭: 선혈의 무릎 보호대

등급: A

내구: 50,000

분류: 장착형

효과: 심연의 끝에서 만들어진 무릎 보호대. 주인을 알 수 없다.

* 체력+10

명칭: 흉신의 검

등급: A+

내구: 45,400

분류: 장착형

효과: 흉신(凶神)이라 불린 오크 로드가 사용하던 검.

* 투기를 깨달은 자만이 사용 가능.

* 투기+20

* 투기 수치에 따라 '전투의 함성' 효과.

명칭: 약자멸시

등급: A++

내구: 25,000

분류: 장착형

효과: 현명한 강자의 권리를 나타내는 귀걸이.

* 지능과 지혜의 합이 150 이상이면 착용 가능.

* 부상을 입은 상대의 정기를 갈취한다.

* 마법 저항+30

** 정복자의 귀걸이와 함께 착용 시 '마법 저항+50'과 함께 '황야' 스킬 사용 가능.

선혈의 무릎 보호대는 다른 두 개에 비하면 부족한 감이 있지만 착용감이 나쁘지 않았다.

움직여도 별반 걸리는 게 없으니 걸쳐도 괜찮을 듯싶었다.

능력치는 특히 100단위마다 올리기가 매우 힘들어지는데 무려 체력 10이라는 수치를 거저 얻는 셈이었다. 착용하지 않을 이유가 없다.

'소드마스터의 영향인지 이전보다 쌍검을 드는 게 어색하지 않아.'

무영은 비탄과 흉신의 검을 동시에 들었다.

과거 암살자였을 시절에도 쌍검을 사용하지 않은 건 아니다. 하지만 주로 다루진 않았고 기본 소양으로 익힌 정도였다.

그런데 흉신의 검을 동시에 들어도 전혀 어색함이 없다. 오히려 아주 오래전부터 다뤘던 양 자연스러웠다.

깊이 있는 활용은 힘들겠지만 그것도 시간문제라고 보았다.

무엇보다.

'전투의 함성.'

흉신의 검이 가진 옵션 중에서 눈에 띄는 효과가 있었다.

전투의 함성은 일종의 '위엄' 효과라고 보면 된다.

싸움이 시작되면 무영의 투기가 상대를 짓누르는 것이다. 강자라면 자유롭겠지만 무영보다 약한 이에겐 치명적으로 작용하는 효과였다.

'마지막으로…… 약자멸시는 세트 장비지.'

정복자의 귀걸이라는 이름은 들어본 적 없지만 약자멸시와 함께 착용하면 무려 마법 저항 50을 올려주고 스킬 하나를 더해준다.

마법 저항이 가장 올리기 까다로운 능력치 중 하나임을 감안했을 때 이는 엄청난 기능이었다. 당장 약자멸시 하나만으로도 무려 30을 올려주는데 말이다.

정기의 갈취. 이것도 버릴 것 없는 옵션이었다.

정기(精氣)는 곧 생명력의 원천이다.

단순히 체력을 넘어서 모든 걸 사용하는 데 필요한 기운을 포괄하는 개념이었다.

'비탄과 상성도 괜찮다.'

비탄은 피를 흡수해 체력을 회복시켜 준다.

거기다 정기를 갈취해 막대한 상승효과를 불러일으킨다.

어디까지나 상처를 내야 한다는 전제 조건이 붙긴 하지만 생명체에 국한하여 무영은 극한의 상성을 갖게 된 것이었다.

기운을 가진 모든 생명체는 무영을 상대하는 데 굉장히 어려울 것이다.

비탄과 약자멸시로 인하여 약간의 차이는 단번에 뒤집을 계기가 마련됐다. 거기에 흉신의 검이 더해지며 위엄을 함께 얻었다. 전투의 함성은 상처를 입은 적이 수세에 몰리는 걸 부추길 것이다.

"허, 물건을 보는 안목이 대단하군요. 수리하기 전까진 몰랐습니다. 하나같이 저 이상의 장인이 손을 댄 물건들입니다."

칼무흐가 연방 감탄을 흘렸다.

무영이 가져온 물건 대부분이 장인의 손을 거쳤다.

물론 전부 좋다고 할 수는 없었지만 최소한의 값어치는 했다는 뜻이다.

"하지만 온스를 이렇게 막 써도 되는 겁니까? 자칫 잘못하다간……."

"팔아라."

"예?"

"충분히 구매한 값이나 그 이상으로 판매할 수 있을 것이다."

무영이 쓰기엔 아쉬운 것들이나 기본 이상인 장비가 많았다.

다시 되팔아도 안목이 조금이라도 있는 괴물이라면 구매하려고 할 것이다.

그리고 그렇게 모은 온스는 무영의 힘이 된다.

칼무흐가 바라고 바라는 것이었다.

무영이 힘을 쌓아서 올로니스를 죽이는 것!

"……어떻게든 팔아보겠습니다."

그것을 위해서라면 칼무흐는 영혼이라도 팔 수 있었다.

칼무후의 눈에 투지가 불타올랐다.

그리고 머지않아 다음 대결을 알리는 문구가 눈앞으로 떠올랐다.

〈버그 외 3인 vs 노예 악마 올로니스의 대결이 잠시 후 시작됩니다.〉

익숙한 이름이 눈에 띄었다. 인간 탐험가 4명과 올로니스의 대결을 알리는 문구였다.

'생각보다 빠르군.'

탐험가들이 올로니스의 발목을 잡을 수 있을까?

무영도 올로니스를 관찰하기 위해 발걸음을 옮겼다.

'적을 알고 나를 알면 지지 않는다.'

암살을 떠나기 전 무영은 상대의 일거수일투족을 감시했다. 관찰하고 파악하며 상대의 전부를 머릿속에 담았다.

사소한 것 하나까지 전부.

그러다 보면 상대의 버릇 같은 게 보이고 상대하기가 한결 쉬워진다. 암살에 실패해 1:1 대결로 몰고 가도 그 덕택에 승리한 경우가 제법 있었다.

만약 무리라고 생각되면 가능한 순간까지 기다린다.

적을 알고 무영 본인이 자신을 너무나 잘 알았기에 단 한 번도 암살에 실패한 적이 없었다. 정면으로 맞붙는 투기장은 변수가 더 많겠지만 그래서 철저히 관찰할 필요가 있는 것이다.

판을 짜고 승률을 최대한 끌어올리는 것이 무영이 본래 전투에 임하는 방식이다.

관객석은 만원이었다.

올로니스의 전투는 항상 모두의 주목을 받았다. 우호적인 눈으로 보는 이가 하나도 없다는 게 신기할 따름이다.

"정말 죽지도 않는군."

"인간을 응원해야 하는 건가? 살면서 이런 날이 올 줄이야."

"흥, 인간은 겁쟁이들이다. 구석에 숨어 사는 벌레들이지."

올로니스가 야수와 같은 기세로 투기장에 나타나자 모두가 이를 갈았다.

그럼에도 모두가 올로니스의 승리를 예상했다.

괴물들이 가진 인간에 대한 인식을 단적으로 보여주는 일이었다. 그리고 무영도 동의했다.

사람들이 마신의 영역엔 발도 들이지 않고 마계의 외진 장소에 만족하며 살아가는 건 사실이었으므로.

'놈은 일곱 번이나 투기장을 반복했다.'

하나 무영의 관심사는 그쪽이 아니었다.

올로니스. 대관절 이만한 관심을 받는 놈이 무슨 목적을 위해 계속해서 투기장을 반복하고 있느냐가 더욱 궁금했다.

목적이 있으니까 반복하는 것일 테고, 7번이나 도전했음에도 이루지 못했으니 지금 이곳에 있는 것이겠지.

'어쩌면 마지막 문을 돌파하는 게 목적일지도 모르겠군.'

올로니스의 무력으로 투기장에서 이루지 못할 목적이란 게 그 외엔 떠오르지 않았다.

마지막 문!

바로 켈베로스가 지키는 곳이다.

최상급에 발을 걸친 괴물 중의 괴물.

올로니스가 투기장에서 이기지 못할 대상이라면 그 정도뿐이다. 그리고 무영은 우히에 의해 켈베로스를 잠재우는 방법을 숙지하고 있었다.

'어차피 부딪치게 되어 있다.'

정말로 올로니스의 목표가 켈베로스라면 무영과 필연적으로 부딪칠 수밖에 없었다.

설령 아니더라도 강제 지목을 통해 한 번은 꺾고 갈 셈이었다. 그 대결을 위해, 올로니스를 분석할 필요가 있었다.

무영의 눈이 투기장으로 닿았다.

올로니스를 마주한 4명.

그중 버그가 말했다.

"위험 난이도 최상. 보스격 괴물을 때려잡는다 생각하고 임합니다. 포지션은 A대형을 유지하세요."

일처리가 제법 능숙했다.

숙련된 모험가이기에 가능한 대처.

순식간에 4명이 대열을 이뤘다.

"'순'이시여."

사제복을 입은 남자가 무릎을 꿇고 기도를 시작했다.

신성 도시 뮬라란에서 모시는 신 중 하나, 구름의 신 '순'을 따르는 신자인 모양이었다.

곧 얇은 구름이 생성되며 4명의 몸을 천천히 감쌌다.

타앙!

이어 커다란 방패를 가진 전사가 방패로 바닥을 찍으며 나섰다.

뒤에선 버그와 활을 든 여자가 엄호하며 천천히 올로니스를 향해 다가갔다.

'잘 짜인 조합이다.'

4명의 호흡은 척척 맞았다. 구성적으로도 흠이 없었다.

구름의 축복은 지속적으로 체력을 회복시켜 주고 상처를 치유한다. 상대의 공격을 무디게 만들며 저주를 튕겨내는 효과도 있었다.

단일 대상을 상대하는 데 최적화되었다.

반면…….

올로니스는 시작부터 측면을 노렸다.

눈 깜빡할 사이에 파고들어 사제를 공격했다.

다대일의 전투에 익숙한 모습이다.

가장 먼저 누구를 노려야 전투를 수월하게 풀어갈 수 있을지 본능적으로 아는 듯싶었다.

"액티브! 조금 더 빠르게."

콰창!

하지만 버그가 전사의 움직임을 가속화시켰다. 전사의 방패에 올로니스의 공격이 무산됐다.

언령술사. 그 이름처럼 공격과 방어가 자유로운 클래스이기에 다채로운 싸움을 펼칠 수 있었다.

측면의 부실함을 버그가 커버하는 것이다.

단순히 파고들기만은 어렵다는 걸 깨닫고 올로니스가 손을 들었다.

그러자 바닥에서 수많은 손이 뻗어 나왔다.

"'순'이시여 정화의 비를 내려주소서."

4명의 몸을 감싼 구름에서 비가 내려와 바닥을 적셨다.

자잘한 손은 빗물에 닿은 즉시 산화했고 나머지는 움직임이 굼떠졌다.

짝!

올로니스가 손뼉을 쳤다.

수많은 손이 합쳐지며 이내 거대하게 부풀어 올랐다.

"피해!"

콰아앙!

족히 십 미터에 이르는 커다란 망령의 손 다섯 개가 투기장 내에 생성됐다.

손들은 4명을 집요하게 노렸다.

정화의 비로도 저 다섯 손은 어찌할 수 없었다.

'손을 움직이면 무방비 상태가 된다.'

하지만 단점은 있었다.

올로니스도 움직이지 못한다는 것.

스이이이잉!

잔뜩 얼어붙은 화살이 궤적을 그리며 날아갔다.

피잉!

곧 망령의 손에 닿자 손이 순식간에 얼어붙었다.

"액티브! 조금 더 단단하게!"

버그가 전사의 방패를 향해 언령을 걸었다.

이후 전사가 고개를 끄덕이며 얼어붙은 손을 향해 몸을 날렸다.

꽝!

소리와 함께 우수수 파편이 되어 손이 부서지자 올로니스가 처음으로 인상을 찌푸렸다.

"인간치곤 꽤 하는구나."

"악마치곤 너무 약한 거 아니냐? 듣기로 악마들은 죄다 혼자서 산 몇 개를 부술 정도로 강력하다고 하던데."

버그가 도발했다.

실제로 그는 악마를 본 적이 없었다.

악마들은 마신의 영역 아주 깊숙한 곳에 터를 잡고 살아간다. 그들은 초반의 전쟁을 제외하곤 더 이상 모습을 보이지 않았다.

반대로 인간들은 손에 쥔 땅에 안주해 버렸고 말이다.

"너의 말은 사실이다. 이제 진짜를 보여주마."

올로니스가 웃었다.

동시에 그의 이마가 찢어지며 '눈'이 나타났다.

피눈물을 흘리며 나타난 눈은 무척 크고 사이한 기운을 풍겼다. 그 눈이 나타난 이후부턴 전투의 양상이 완벽하게 달라졌다.

마치 미래를 내다보는 것처럼 올로니스는 모든 공격으로부터 자유로웠고 눈에서 쏟아지는 레이저는 닿는 모든 걸 파괴했다.

"커헉!"

결국 굳건한 방패도 뚫렸다. 전사의 왼팔이 날아갔다. 전방을 수호하는 전사가 쓰러진 이상, 나머진 시간문제다.

버그를 비롯한 나머지 인원의 표정이 급격히 나빠졌다.

"하, 항복! 젠장!"

"내게 검을 들이민 자는 모두 죽는다."

버그의 항복 선언을 올로니스가 가볍게 무시했다.

전투 시작 전에 기권하는 거라면 모를까. 도중에 멈추려거든 투기장을 벗어나야 한다.

하지만 올로니스는 전투를 멈춰줄 생각이 없었다.

올로니스가 손톱을 세웠다.

눈 깜빡할 사이에 자리에서 자취를 감추며 사제를 노렸다.

"아……!"

버그가 탄성을 내질렀다.

지금까지 보여준 움직임보다 더욱 빨랐기에 대처가 늦었다.

'차라리 기권할 것을!'

욕심에 눈이 멀어 어려운 싸움임을 알면서도 시작한 게 죄다. 하지만 잘못을 깨달았어도 이미 늦었다.

사제의 죽음은 확정되어 있었다.

차아앙!

그 순간.

검 한 자루가 올로니스의 손톱을 막았다.

올로니스가 의아해하며 고개를 들어 나타난 상대를 바라봤다.

"멈춰라."

나타난 상대는 바로 무영이었다.

무영이 그림자 이동을 통해 난입한 것이다.

〈난입 페널티로 보유한 온스의 절반을 상실합니다.〉

〈리빙 아머가 출현합니다. 3일간 독방에 수감됩니다.〉

전투 중 끼어드는 건 규칙을 어기는 짓이다.

아무런 페널티도 없었다면 투기장의 정당한 대결은 성립하지 않았을 것이다.

그나마 처음이기에 이 정도인 듯했다.

하지만 어쩔 수 없었다.

'100%의 승리를 위해선 이들을 살려야 한다.'

무영은 올로니스의 전투를 보며 필승법을 찾았다. 결정적인 승리의 방안을 버그와 그의 동료들이 쥐고 있었다.

'놈은 나와 비슷하다. 싸우는 방식이나 성향, 그 모든 게.'

싸움이 심화되면 될수록 무영은 놀랄 수밖에 없었다.

올로니스는 무영 자신과 너무나도 닮았다. 적어도 싸움에 있어선 그랬다.

신중하고, 최적의 동선을 찾는 감마저 갖고 있었다. 심지어 망령 계열의 스킬을 다루는 유사성까지 보였다.

'놀랍군.'

감각, 판단력 등.

어찌 이토록 비슷하단 말인가!

따져 보면 따져 볼수록 헛웃음이 나올 지경이었다.

마치 거울을 앞에 둔 느낌. 당연히 무력 차이도 크지 않았다. 특히 마지막에 나타난 저 '눈'의 존재는 무영도 경각심을 가져야 할 정도였다.

승률은 5:5.

눈을 보기 전까진 무영의 승률이 더 높았지만 눈의 등장으로 보정되었다. 그러니 더욱 미세한 차이가 승기를 좌지우지할 수밖에 없다.

그를 위해선 이들을 살릴 필요가 있었다.

"도깨비, 왜 인간을 두둔하는 거냐?"

올로니스가 이를 갈았다. 그는 지금 흥분하고 있었다.

세 개의 눈이 붉게 물들었다. 당장 공격하는 걸 억제하는 게 고작이었다.

"내 승리를 위해서다."

무영은 숨기지 않았다.

올로니스는 자신과 너무나도 비슷했다. 믿기지 않지만 사실이었다. 숨겨봤자 의미가 없다고 여겼다.

특히 저 이마에 난 세 번째 눈앞에선 거짓이 통하지 않을 것 같았다.

"너와 내가 싸울 장소는 이곳이 아니다."

"그건 네가 정하는 게 아니다."

무영은 비탄과 흉신의 검을 들었다.

더 하겠다면 끝까지 가 보자는 의지를 보였다.

그러면서 반쯤 고개를 돌려 버그를 바라봤다.

무영의 저의를 깨달은 버그가 재빨리 일어나 전사를 지탱하고 떨어진 팔 하나를 쥐었다.

"고, 고맙습니다. 이 은혜는 꼭."

버그를 비롯한 동료들이 최대한 빠르게 투기장을 벗어났다. 마침 저 멀리서 리빙 아머 수십 기가 나타났다.

그를 보며 올로니스가 이죽거렸다.

"눈물 나는 장면이로군. 역시 그레모리의 냄새가 나는 놈다워."

예상치 못한 이름의 출현에 무영의 눈썹이 꿈틀댔다.

그레모리!

72마신 중 56좌를 담당하는 유일한 여성체 마신이며 26개의 악마군단을 이끄는 지배자가 그녀였다.

그리고 무영은 그레모리의 27번째 마왕이 될 자격을 현재 지니고 있었다.

무영의 표정을 읽은 올로니스가 비탄에 시선을 주었다.

"나는 그 검을 알고 있다. 네놈에게서 풍기는 냄새의 주인도 잘 알고 있지. 배신자 년의 수하답게 인간을 두둔하는 모습이 정말 아름답구나."

배신자?

마신에 대한 존경심이라곤 눈곱만큼도 느껴지지 않는 발언이었다.

하지만 무영은 시치미를 뚝 뗐다.

"무슨 헛소리인지 모르겠군."

"모르는 척하는 건가, 아니면 정말 모르는 건가? 이 눈으로도 감정을 쉽게 읽을 수 없는 놈은 처음이다. 하나 그년과 관계되어 있다는 사실은 명백하지."

그가 이빨을 내밀었다.

"배신자의 세력은 작다. 결코 이길 수 없는 싸움을 먼저 시작했다. 너와 같은 자들이 외부에서 기를 쓰고 활동해도 의미 없다는 뜻이다. 그리고 모든 게 정리되거든 네가 두둔하던 인간들은 순식간에 멸망의 길을 걷게 될 것이다."

살살 약을 올리듯 말했지만 무영은 변함없었다.

내심 놀라긴 했어도 여기서 아는 척을 하는 건 위험하다는 결론을 내렸다.

무영이 무응답으로 일관하자 흥이 식었다는 듯 올로니스가 몸을 돌렸다.

"어차피 네놈이 노리는 것도 켈베로스가 지키는 문 너머의 장소일 터. 나는 나의 명예를 위해, 너는 너 나름대로의 쓰임을 위해 그 물건을 찾고 있는 거겠지. 우리가 싸울 장소는 바로 그곳이다."

올로니스가 이후 미련 없이 투기장을 벗어났다.

무영이 그 뒷모습을 바라보고 있자 수십 기의 리빙 아머가 무영을 감쌌다.

독방은 모든 게 차단되어 있었다.

지극히 좁았고 숨 쉬는 것조차 힘든 수준이었다. 알 수 없는 재질로 지어져서 부수는 건 힘들다.

빠져나가는 게 아예 불가능하진 않을 듯했지만 굳이 그럴 필요는 없었다.

'모든 게 정리되면 마신들이 움직인다. 그 정리라는 게 그레모리가 포함된 세력을 뜻하는 건가?'

오히려 잘됐다. 아무리 좁고 불편한 곳이라도 무영은 장소의 제약을 받지 않는다.

일반 괴물들이야 이런 곳에 감금되면 온갖 이상 증세를 보이겠지만 그런 건 이미 옛적에 끝낸 무영이었다.

반대로 천천히 생각할 시간이 생긴 셈이었다.

'10년 뒤 대혼돈이 시작되고 마신들이 인간들을 공격했지. 하지만 모든 마신이 참여한 건 아니야. 그레모리를 포함한 몇몇 마신은 처음부터 보이지도 않았어.'

굳이 10년 뒤를 생각할 것도 없다. 인간이 마계에 발을 들이기 시작할 때부터 마신들은 적극적인 공세를 펼치지 않았다.

기껏해야 마왕들이 움직이는 수준.

하지만 모든 마신이 자리를 비울 수 없었던 이유가 있었다면 어떨까.

'내부 갈등이 있었다?'

그리고 그 갈등은 10년 안으로 해결된다.

어쩌면 갈등이 해결되자마자 그들이 수작을 부렸기에 '대혼돈'이 시작된 것일지도 모른다.

무영의 심장이 아주 약간 빠르게 돌았다.

'마신들도 파벌이 있다……'

아무도 몰랐다. 그럴 수밖에 없었다.

마신들이 문제점을 해결하고 움직였다면 인간의 입장에서 그걸 알 도리가 없는 것이다.

확실하진 않다. 그러나 모든 가능성을 열었다.

'올로니스에게 직접 물어야겠군.'

무영은 고개를 끄덕였다.

확실한 건 올로니스를 잡아서 물어보면 된다.

켈베로스 너머에 있는 방에서 무엇을 구하려고 했던 것인지도 알 수 있는 방법이 무영에겐 있었다.

무영은 차분하게 앉았다.

조용히 정신을 집중하며 머릿속에 그림을 그렸다.

'몸을 움직이는 것만이 수련은 아니지.'

현실보다 더욱 현실감 있는 상상.

올로니스와의 대결을 머릿속에 그리며 무영은 모든 경우의 수에 대비했다.

3일이 지나고 독방을 나서자 즉시 대전 상대가 잡혔다.

〈도깨비 무영 vs 아크 트롤의 대결이 잠시 후 시작됩니다.〉

무영은 몸을 풀며 투기장으로 향했다.

"감사합니다."

가는 길 중간에서 버그가 기다리고 있었다.

그는 다른 동료들과 함께하는 중이었는데 모두가 고개를 떨어뜨리고 있었다.

암담하고 창피하지만 도움을 받은 건 사실이었다. 어찌 반응해야 할지 모르고서 그저 고개만 숙이고 있는 것이다.

딱히 무영도 감사 인사를 받고 싶어서 도운 건 아니다. 어디까지나 원하는 바가 있었기에 손을 써준 것에 불과했다.

"만용의 대가는 죽음이나. 이번엔 운이 좋았다."

"……알고 있습니다. 무영 님이 아니었으면 저희 모두 죽었을 겁니다."

툭.

버그가 옆에 선 동료의 어깨를 치자 동료들이 무영을 향해 감사의 인사를 전했다.

혈색이 창백한 남자도 마찬가지였다.

커다란 방패를 들고 전방을 막아서던 전사의 왼팔은 잘려 나가 있었다.

사제가 있음에도 축복의 힘이 닿지 않은 모양이었다.

사제의 수련보다 올로니스가 가진 악의 힘이 훨씬 강한 탓에 벌어진 일이리라.

그러나 그들에게 느껴지는 건 패배의 아픔과 설움보다 다른 게 더욱 컸다.

"복수하고 싶은가?"

버그가 눈을 번쩍 떴다.

무영이 하고자 하는 말이 무엇인지 대충 깨달은 것이다.

"호, 혹시 지금이라도 저희와……."

"아니, 나는 혼자 싸울 것이다. 대신 기회를 주마."

하지만 무영은 고개를 저었다.

대신 품에서 법보를 꺼냈다. 이어 법보를 털어내자 바로 앞에 언데드 둘이 생성되었다.

전신에 검은 갑주를 입은 검은 태양 전사와 하이데거가 굳건히 서서 무릎을 꿇었다.

"언데드!"

창!

갑작스런 언데드의 출현에 4명 모두가 경각심을 세웠다.

무기를 들고 대비했다.

인간이기에, 생자이기에 지극히 당연한 반응이다.

무영은 무덤덤하게 말했다.

"구름의 축복과 언령을 이용해 이 둘을 강화시켜라. '오더 블레스'는 사용할 줄 알겠지."

오더 블레스는 상위권에 속하는 강력한 축복이다. 사자와 망령에 관해 강한 반사력을 갖게 해주는 힘.

사제가 고개를 저었다.

"불가합니다. 제 수준으로 그 정도는……."

하지만 오더 블레스는 사제 여러 명이서 힘을 합쳐야 사용할 수 있는 축복이었다. 고위급 사제가 아닌 이상 혼자선 불가능하다.

무영은 피식 웃었다.

"버그의 언령이 더해지면 가능할 텐데. 네 언령은 일반적인 언령이 아닌 것 같더군. 조금 더 강력한 힘. 드라칸의 기운이 느껴졌다."

"그, 그걸 어떻게?"

버그가 눈을 크게 떴다.

드라칸은 반용족이다. 용과 이종 사이에서 태어난 드라칸은 용언을 사용할 수 있었다.

일반 언령보다 한 차원 높은 말의 힘이다.

처음엔 몰랐다.

순수를 깨닫고 버그가 힘을 쓰는 걸 보며 깨달은 사실이다. 깨닫지 못했다면 살리지도 않았을 것이다.

"버그라는 이름도 거짓일 테지. 용언은 강력하기에 사용자는 자신의 진짜 이름조차 감춰야 할 필요가 있다. 계속해서 느껴지는 이질감은 그 때문이었어."

무영의 입꼬리가 점점 올라갔다.

처음 만나고 이름을 들었을 때부터 왠지 모를 이질감을 느꼈다.

언령의 사용자는 대부분 유명한데 한 번도 못 들어본 이름인 것 역시 의외였다.

그런데 용언의 사용자라면 이야기가 다르다.

버그는 경악을 넘어 영혼이 빨린 것만 같은 표정을 짓고 있었다.

"이래도 불가능하다고 할 것이냐?"

또한, 용언의 힘이 더해지면 사제의 기원을 돕는 것도 가능하다. 한 차원 더 강력한 힘을 발휘할 수 있게 된다.

이내 버그가 시인했다.

"가능…… 가능합니다. 하지만 오더 블레스를 사용해도 언데드에 걸 수는 없습니다."

"지금은 그렇겠지."

무영은 고개를 돌려 투기장을 바라봤다.

아크 트롤이라 불린 전신이 하얀 괴물이 무영을 기다리고 있었다.

아크. 어둠과 빛에 상당한 내성을 가졌다는 의미이고 저놈의 심장을 하이데거에게 이식하면 오더 블레스도 버텨낼 수 있을 것이다.

검은 태양 전사는 기본적으로 빛에 대한 저항이 높다.

게다가 무영이 가진 불의 힘이 더해지면 불가능할 것도 없다고 보았다.

"기다려라."

무영은 홀로 걸어 나갔다.

무영의 눈이 빛났다.

'너와 내가 비슷하다는 걸 알았다. 더 이상 감추는 건 의미가 없겠지.'

그가 가진 눈은 무영의 모든 힘을 파악할 수 있다.

무영 역시 올로니스가 가진 최후를 보았다.

더 이상 감출 의미가 없다는 뜻이니 앞으로는 전력을 다할 것이었다.

화르르륵!

무영의 등 뒤에서 불의 날개가 솟아올랐다.

화염의 포효!

일전 화염의 창병이 사용하던 스킬이지만 영혼 착취를 통해 무영이 가져왔다.

하지만 화염의 창병이 사용하던 것보다 화력이 훨씬 강하다.

'빠르게, 압도적으로.'

지금까지가 준비운동이었다면 앞으로는 막아서는 모든 걸 파괴하는 거친 태풍이 될 작정이었다.

올로니스에게 힘을 숨기는 것이 의미가 없다면 힘을 내보임으로써 경각심을 갖게 만들리라.

더욱 조심하고 신중하게 무영을 파악하려 들 것이고 도리어 그 행위가 스스로의 목을 조르게 된다.

그는 편협하고 무영은 모든 걸 이용할 줄 알기에.

이 작은, 하지만 결정적인 차이가 결과를 바꿔놓을 것이다.

아크 트롤은 변종이다.

알비노를 떠오르게 만드는 새하얀 피부.

변종은 결코 무리와 섞이지 못한다.

보통은 버림받은 뒤 야생에서 새끼 때 죽게 마련이지만 여러 가지 요인에 의해 극소수는 살아남는다. 그렇게 살아남은 변종은 보다 강한 힘을 얻는다.

투쟁의 결과다.

혼자서 능히 다섯 이상의 힘을 발휘할 수 있다. 게다가 아크라고 이름 붙은 괴물은 어둠과 신성에 대한 저항 외에도 고유 종족 능력이 강화되는 경우가 많았다.

그리고 트롤은 대표적으로 체력의 회복이 뛰어난 종족이었다.

"지금 우리가 보고 있는 게 꿈은 아니겠지?"

버그가 멍하니 입을 열었다. 도저히 믿기지 않는다는 표정으로 말이다. 나머지 동료 또한 버그의 표정과 크게 다르지 않았다.

"……아크 트롤의 재생 능력을 웃돌았어요."

"두억시니도 아닌 도깨비가 저렇게 강할 수 있는 건가?"

아크 트롤은 상처가 베이고 찢어져도 순식간에 회복했다. 불에 지지면 스스로 그 부위를 뜯어내고 다시 회복하길 반복했다.

그야말로 경악스런 재생 능력이라 아니할 수 없다.

한데 더욱 경악스러운 건 그런 아크 트롤을 상대하는 무영이다.

처음에는 조금 특이한 도깨비인 줄 알았다. 뿔이 있다고는 하나, 두억시니가 아닌 이상 왕이라 하여도 무력 자체는 큰 차이가 나지 않으니까.

하지만 투기장에 본격적으로 투입되며 그 인식은 깨졌다.

거듭된 승리.

올로니스가 출현한 뒤 무영은 단번에 투기장의 스타가 되었다.

그리고 지금은 두억시니 이상의 힘을 선보이며 좌중을 압도하고 있었다.

화르르르르륵!

무영의 등에서 솟아난 불꽃이 투기장 전체를 좀먹었다.

쌍검을 휘두르며 마치 예술품을 조각하듯 아크 트롤의 신체를 베어내고 있었다.

여태껏 보여준 게 도리어 폭풍전야에 지나지 않았다는 듯.

아크 트롤은 제대로 반항 한 번 하지 못하고 있었다.

"아니면 아크 트롤이 약한 걸까요?"

궁수의 포지션을 맡고 있는 여인이 묻자 사제가 답했다.

"저 도깨비가 상상 이상으로 강한 것뿐입니다. 통상적으로 아크 트롤 혼자서 트롤 10마리분의 힘을 낼 수 있다고 하는데……. 모르겠군요."

그렇다. 결코 아크 트롤이 약한 게 아니다.

그가 강할 뿐이다.

버그의 전신에 전율이 일었다.

자신의 진면목을 알아보는 혜안, 그를 받쳐 주는 힘, 그리고 뒷공작을 해놓는 치밀함마저 갖고 있었다.

고개를 돌려 언데드를 바라봤다.

'도깨비가 죽음을 다룬다는 말은 들어본 적 없어.'

꿀꺽!

버그는 입에 침이 마르는 걸 느꼈다.

검과 마법, 거기다 죽음마저 다룬다.

이렇게 다재다능한 종류의 스킬을 가진 괴물은 본 적도 들어본 적도 없다.

있다면…….

'인간. 오로지 인간만이 이처럼 다채로운 힘을 다룰 수 있다.'

부르르!

그 생각이 들자마자 다시금 전율이 일었다.

설마 도깨비가 아니고 인간이라고?

외형이 도깨비처럼 변한 게 스킬의 영향일 수 있었다.

버그는 정확히 꿰뚫어 봤지만 그렇기에 더욱 혼란스러웠다.

때마침 전투가 끝났다.

전투가 끝나고 투기장은 조용했다.

올로니스와 대등한, 어쩌면 그 이상의 힘을 선보이며 일방적으로 전투를 종료시켰기 때문이다.

뚜벅. 뚜벅.

좁은 복도를 그가 걸어왔다. 발걸음 소리가 유독 크게 들렸다.

"당신은…… 당신은 정말 도깨비가 맞습니까?"

버그는 묻지 않을 수 없었다.

그러자 무영의 눈이 버그에게 향했고 동시에 아찔한 감각이 전신을 관통했다.

하지만 이 물음은 제법 중요하다.

인간이냐 도깨비냐.

만약 인간이라면 더욱 신중히 움직일 수밖에 없다. 언령 사용자는 어디서나 주목받는 법이었는데 하물며 한 차원 더 나아간 용언이라면 소란이 일 수밖에 없다.

세상은 호락호락하지 않다. 어떻게든 이용하려는 자가 판을 칠 것이다.

한데 동료가 아닌 외부의 인물이 그 사실을 알게 된다?

버그의 입장에선 사활이 걸린 문제였다.

무영은 천천히 입을 열었다.

"나는 움이다."

"움……이요?"

"도깨비의 지배자이며 영혼의 동반자다. 제법 넓은 영토를 다스리며 영주 노릇도 하고 있지."

이어 무영은 손에 쥐고 있던, 아직도 꿈틀대는 아크 트롤의 심장을 하이데거의 심장 부근에 쑤셔 넣었다.

기괴하기 그지없는 장면이었지만 무영은 표정 하나 바꾸지 않았다.

〈'워 울프의 심장'이 '아크 트롤의 심장'으로 교체되었습니다.〉

〈높은 재생력이 굉장한 재생력으로 상향되었으며 체력 30의 효과를 갖게 됩니다.〉

〈하이데거가 뛰어난 신성 저항, 어둠 저항을 갖추게 됩니다.〉

무영의 입가가 작게 올라갔다.

이후 무영은 버그를 바라봤다.

"네 걱정이 무엇인지 안다. 하지만."

모험가로서 가져야 할 당연한 경각심이다.

버그가 의아한 듯 쳐다보자 무영이 계속해서 말했다.

"네가 걱정하는 일은 일어나지 않을 것이다."

"오더 블레스의 의식을…… 바로 시작하겠습니다.

"현명하군."

눈썰미가 좋다. 무영이 하고자 하는 바를 바로 이해했다.

말이 주 무기인 만큼 당연하다면 당연한 일이었다.

"올로니스는 내 사냥감이다. 그의 죽음을 지켜보는 것도 재미있을 것이다."

무영은 자신만만하게 이야기하며 발걸음을 옮겼다.

〈20전 20승! 전승을 이룬 '무영'에게 현상금이 책정됩니다.〉

〈현상금 1,200,000온스.〉

〈'승부사' 효과가 추가됩니다. '승부사'는 상대의 연속 승리 횟수를 뺏어올 수 있는 자격입니다. 상대를 죽일 때만 발동합니다. 각자의 승리를 걸고 싸우십시오!〉

무영은 즉시 다음 층으로 내려갔다.

3층으로 들어오자 수가 급격하게 줄었다.

3층에 도달할 정도면 보통 100만 온스를 모아서 투기장을 떠나는 탓이다.

적어도 탈출 티켓에 목매는 자는 거의 없었다.

하지만 숫자가 적은 대신 투기장을 기준으로 강자라 칭하기에 부족하지 않았다.

모두가 싸움에 굶주렸고 오로지 싸우는 것만이 목적인 괴물들. '승부사' 효과를 발동시키기에 이만한 전장이 없었다.

〈검은 태양 전사 vs 엘더 고블린의 대결이 시작됩니다.〉
〈하이데거 vs 윈드라이드의 대결이 시작됩니다.〉

이변은 또 있었다.

바로 두 언데드를 투기장의 전사로 등록한 것이다.

물 흐르듯 자연스럽게 이루어진 일. 무영이 주인임을 눈치
채지 못하게끔 철저히 모르는 사람처럼 행동했다.

'과연.'

반신반의였지만 의도는 성공적으로 먹혀들었다.

하지만 언데드가 승리한다고 무영에게 그 승리가 주어지
진 않았다.

'승패 결과는 따로 측정하는군.'

오히려 잘됐다.

만약 측정이 함께 된다면 승리와 패배도 같이한다는 뜻.

한 번이라도 패했다간 전승 기록이 물거품이 될 수도 있었
다. 하여간, 무영은 검은 태양 전사와 하이데거를 이용해 올
로니스의 발목을 잡을 생각이었다.

올로니스가 가진 힘의 원천은 무영과 매우 닮았다.

당연히 약점 또한 비슷할 것이다.

'오더 블레스가 유지되는 한 올로니스의 공격은 통하지 않
는다.'

적어도 망령 계열의 스킬은 무용지물이라고 봐도 좋다.

물리적인 타격은 어쩔 수 없겠지만 검은 태양 전사와 하이데거의 맷집은 두말하면 입이 아플 수준이다.

그리고 올로니스의 물리적 공격력은 그다지 강한 편이 아니었다.

망령의 힘으로 강화했기에 강한 것처럼 보였을 따름이다.

맞붙게 된다면 지속적으로 체력을 빼놓는 게 가능하리라.

촤악!

무영은 쌍검을 휘둘렀다.

동시에 털이 수북한 설인의 목이 뚝 바닥에 떨어졌다.

〈스킬 '소드마스터'의 랭크가 상승했습니다. F → E〉

소드마스터.

랭크를 올릴수록 이름처럼 검의 주인이 될 수 있게 만들어 주는 스킬이었다.

무영은 모든 무기를 다룰 수 있게끔 훈련받았지만 덕분에 깊이 있는 이해와는 거리가 먼 시간을 보냈다.

하나 소드마스터 스킬을 익히며 처음으로 '검은 무엇인가'에 대해 고민할 수 있었다.

덩달아 검의 이해도가 올라가고 실력이 상승했다.

'나는 멈추지 않는다.'

무영은 숨 쉬는 것처럼 자연스럽게 강해지고 있었다.

성장 속도가 말이 안 될 수준이다. 그렇다고 기본에 충실하지 않은 것조차 아니다.

만약 과거였다면 절대로 불가능했을 일.

세계의 천재라 불리던 강자들도 무영만큼 빠르게 성장하진 못했을 것이다.

그러나 무영은 의심하지 않았다.

자신의 성장에 의구심을 갖는 순간 정체할 것을 알고 있었기 때문이다.

〈미치광이 설인과의 대결에서 승리했습니다.〉

〈배당 비율은 1.12입니다. 축하드립니다.〉

〈50,000온스의 대전료를 포함하여 6,059,770온스를 획득했습니다.〉

〈'승부사' 효과가 발동해 5승을 강탈했습니다.〉

〈37승 0무 0패〉

〈현상금이 4,000,000온스로 책정됩니다.〉

'천만 온스까지 멀지 않았군.'

배당 비율은 계속해서 낮아지고 있었다.

하지만 천만 온스를 모으면 일단 일차적인 목표를 이루는 셈이었다.

'켈베로스.'

마지막 관문의 문지기.

켈베로스를 공략하려면 세 가지가 필요하다.

그중 하나가 천만 온스로 구매할 수 있는 특수한 향이었다. 올로니스와의 싸움이 전부가 아니었기에 미리 준비할 필요가 있었다.

제아무리 투기장의 레벨이 올라갔다 하더라도 올로니스와 무영은 쌍두마차였다.

어느 괴물도 둘을 막아서진 못했다.

마치 약속이라도 한 것처럼 둘은 앞만 보고 달려 나갔다.

하지만 그것도 다음 층이 마지막이었다.

〈투기장 2층부턴 상대를 지목하여 대결에 임할 수 있습니다. 지목된 대상은 거절할 경우 노예의 인장이 머리에 새겨집니다.〉

〈'도깨비 무영'이 '노예 악마 올로니스'를 대전 상대로 지목했습니다.〉

무영은 기다렸다는 듯이 올로니스를 지목했다.

올로니스는 이미 검은 태양 전사와 하이데거를 상대하며 체력을 많이 소진한 상태였다.

새로운 적의 출현으로 심신 전체가 지쳐 있었다.

지금이 기회다.

전혀 예상하지 못한 순간에 뒤를 치는 것.

설마 2층에서 자신을 지목할 줄은 몰랐다는 듯 올로니스는 묘한 표정을 지어 보였다.

"너와 내가 싸울 장소는 이곳이 아니라고 했을 것이다."

"내가 싸울 장소는 내가 고른다."

굳이 올로니스의 의도대로 놀아줄 이유가 전혀 없었다.

가장 유리한 순간을 놓칠 무영도 아니었다.

반면 올로니스는 1층에서 싸울 예정이었기에 쉴 새 없이 달려왔다.

체력의 비축은 아예 생각도 안 했다는 의미다.

특히 검은 태양 전사와 하이데거가 제대로 발목을 잡아준 덕택에 망자의 힘도 상당히 약해져 있었다.

"그레모리와 연관된 놈치곤 생각이 제대로 박혀 있구나."

무영은 피식 웃었다.

비겁하다며 매도할 줄 알았건만 정반대였다. 하기야 서로 죽고 죽이는 전장에선 수단과 방법을 가리지 않는 법이다.

올로니스 역시 그랬기에 당황은 했을지언정 역정을 내진 않았다.

악마가 괜히 악마겠는가.

'도발이 쉽지는 않겠군.'

도발을 한다고 먹혀들 타입과는 거리가 멀었다.

그러면 그럴수록 도리어 맑은 정신을 되찾겠지.

도발보단 실력 행사를 하는 게 낫다.

무영은 천천히 비탄과 흉신의 검을 뽑아 들었다.

그런 무영을 바라보며 올로니스가 차갑게 말했다.

"이 선택을 후회하게 만들어주마."

"나는 절대로 후회하지 않는다."

무영은 즉답했다.

올로니스는 모른다.

무영이 어떠한 삶을 살아왔는지.

스스로 선택할 수 있다는 게 얼마나 대단한 행복인지.

모든 선택권을 박탈당한 과거에 비하면 이는 정말 장족의 발전이었다.

직접 움직인 일에 어찌 후회가 있겠는가.

돌아온 이후 무영은 적어도 스스로의 선택에 있어서 단 한 번도 후회를 한 적이 없었다.

그저 최상의 결과를 내기 위해 항상 최선을 다할 뿐이었다.

지금도 마찬가지다.

스릉!

비탄과 흉신의 검이 사납게 울었다.

올로니스가 단번에 표정을 굳혔다.

즉시 세 번째 눈을 뜨고 무영의 공격에 대비했다.

설렁설렁하다간 순식간에 당할 수 있음을 그도 깨달은 것이다.

눈을 반개하자마자 올로니스가 손을 들었다.

바닥에서 수많은 손이 튀어나와 무영을 제지하려 했지만 소용없었다.

화르륵!

전신에서 솟아오른 불길이 망자의 손길을 거부했다.

화염의 포효는 기본적으로 어둠을 배제하는 속성을 가지고 있었다.

'그림자 이동, 가속.'

그리고 올로니스가 손을 소환할 때 무방비가 된다는 걸 무영은 알고 있었다.

그림자 이동으로 말미암아 올로니스의 등 뒤로 이동한 무영이 헤르메스의 장화에 걸려 있는 가속을 사용했다.

지속 시간은 3초.

올로니스의 눈이 움직이며 무영을 포착했지만, 느리다.

비탄이 먼저 움직이며 올로니스의 어깻죽지를 베어냈다.

하지만 흉신의 검은 빗나갔다.

한 차례 피격을 받은 후 본능적으로 올로니스가 몸을 틀었기 때문이다.

동시의 그의 세 번째 눈에서 작은 광선 하나가 직선으로 뻗어 나왔다.

콰아앙!

투기장의 한쪽 벽면이 파괴되었다.

아슬아슬하게 피해낸 무영이 바닥을 구르고 자리에서 일

어났다.

"내 눈은 모든 걸 읽는다. 보아하니 두 번은 사용 못 할 듯한데. 아쉽게 됐구나."

올로니스가 반쯤 절단된 왼쪽 어깨를 부여잡곤 이죽였다.

최초이자 최후의 기회를 날렸다는 듯.

그렇게 틀린 말은 아니다.

하지만 무영은 전혀 아쉽지 않았다.

'충분하다.'

비탄이 낸 상처는 치유가 어렵다.

실제로 올로니스의 상처가 회복되지 않고 있었다.

정기가 뿜어지며 무영에게 지속해서 흡수되는 중이었다.

애당초 무영이 노린 것 자체가 최초의 상처에 지나지 않았다.

'장기전으로 간다.'

길게 봐야 하는 싸움이었다.

무영과 올로니스의 실력 차가 그렇게 크지는 않다.

하지만 올로니스는 제법 지쳐 있는 상태였고 무영에게 피격을 허용하고 말았다.

남은 건 시간이다.

그가 무너질 시간.

쾅! 콰르릉!

손톱을 길게 세운 올로니스가 매섭게 공격을 가하자 무영은 차분히 막아서며 멀더던을 소환했다.

'놈의 움직임을 막아라.'

멀록왕 멀더턴은 수천의 망령과 함께 모습을 드러냈다.

무영이 명령을 내리자 멀더턴이 올로니스를 바라보더니 이를 갈았다.

─악마! 내가 제일 싫어하는 놈이로구나!

마신 단탈리안에 의해 속은 뒤, 멀더턴은 마족과 마신에 대한 강렬한 증오심을 품게 됐다.

노예라곤 하지만 악마인 올로니스가 멀더턴의 눈에 좋게 보일 리 만무했다.

순식간에 수천의 망령이 멀더턴의 지휘 아래 올로니스의 움직임을 제한시켰다.

"크으으으……!"

일순 움직임이 둔해지고 몸이 말을 듣지 않자 올로니스가 입술을 깨물었다.

세 번째 눈이 반개하며 무차별하게 광선을 쏟아내기 시작했다.

쾅! 쾅! 콰아앙!

"아무도 나를 막을 순 없다!"

그의 눈이 점차 붉어졌다.

실핏줄이 잔뜩 일어나며 전신이 천천히 부풀어 올랐다.

바닥에서 솟아오른 수많은 손이 올로니스의 신체에 흡수됐다.

이내 이마 양옆으로 거대한 뿔이 생기며 등 뒤에서 날개가 돋아났다.

'악마의 형상.'

저게 진짜 악마의 모습이다.

평소에는 다른 이종과 비슷한 형상으로 다니지만 본격적인 싸움에 임할 땐 저처럼 변하곤 하는 것이다.

그리고 악마의 형상으로 변한 악마는 상상을 초월하는 파괴력을 얻는다.

물론 모든 악마가 진실한 형상으로 변하진 못한다.

선택받은 소수의 악마만이 진짜 형상을 갖출 수 있었고 올로니스는 그 선택받은 악마 중 하나인 듯했다.

'오래 유지할 순 없다.'

하지만 악마의 형상을 오랜 시간 유지할 수 있는 악마는 거의 없다.

마왕이나 마신급이 되지 않는 한 길어야 십여 분이 고작이었다. 변신이 풀렸을 때의 반동 또한 크다.

시간을 끌면 승리할 수 있다는 뜻이다.

문제는 그 시간을 버티는 게 굉장히 힘들다는 것이었다.

악마의 형상으로 변형을 끝마친 올로니스가 입김을 불어내며 말했다.

"최대한 고통스럽게 죽여주마. 너는 내 심기를 건드려선 아니 됐다."

올로니스가 날개를 펄럭이며 선언한 것이다.

무영은 크게 심호흡을 했다.

두근!

눈을 감고 뜨자 '아수라도'의 깊숙한 곳에 있던 무언가가 반응하였다.

심장이 격하게 뛰었다.

'아수라도가 놈의 육체를 원한다.'

예상하지 못한 일.

하지만 지금 저 올로니스의 형상을 원하는 무언가가 아수라도에 있었다.

무영은 그 무언가가 본능적으로 아수라도에 군림하는 군주 중 한 명임을 깨달았다.

'갖고 싶으냐?'

두근! 두근! 두근!

무영이 몸을 부르르 떨었다.

악마의 형상을 바라는 지고의 악령이 조금씩 눈을 뜨고 있었다.

〈아수라도(阿修羅道)의 세 군주 중 하나, '악령 포식자'가 반응합니다.〉

〈'악령 포식자'가 사용자 '무영'을 인정합니다.〉

〈악마의 몸을 자신에게 건네는 대가로 힘을 보태주겠다고 제

안합니다.〉

〈받아들이시겠습니까?〉

악령 포식자!

멀더턴을 이용해 아수라도를 상당 부분 정복한 상태였고 특정 조건이 더해지자 악령 포식자가 깨어나며 무영을 인정한 것이다.

'받아들이마.'

무영은 고개를 끄덕였다.

동시에.

화아아아악!

펼쳐 놓았던 수천의 망령이 무영의 몸으로 모여들었다.

—이 힘은…… 포식자의 힘이 아닌가!

멀더턴이 눈을 동그랗게 떴다.

멀더턴 또한 아수라도에 있는 몇몇 군주의 정체에 대해 알고 있었다.

하지만 그중 하나가 무영에게 힘을 빌려줄 줄은 꿈에도 몰랐던 모양이었다.

곧 무영의 등 뒤로 거대한 해골 모양의 혼이 드리워졌다.

〈악령 포식자의 혼이 빙의했습니다.〉

〈30분간 힘과 체력이 '50'씩 상승합니다.〉

늙은 드워프 칼무흐는 전투에서 한 차례도 눈을 떼지 않았다. 양손을 모은 채, 모든 신경을 집중하여 무영과 올로니스의 전투에 집중하고 있었다.

"이럴 수가! 가속을 사용했다고?"

칼무흐의 옆에는 버그를 포함한 4명의 인간도 함께하고 있었다.

그들 역시 승승장구하며 2층까지 올 수 있었는데 충분히 투기장을 빠져나갈 여건이 되면서도 계속하고 있는 이유는 오로지 이 싸움을 지켜보기 위해서였다.

동료의 팔을 짓이긴 올로니스를 상대로 무영이 얼마나 선전할지가 궁금했던 것이다.

그런데 전투가 시작되자마자 가속을 사용해 올로니스에게 타격을 주는 데 성공했다.

'제발, 제발.'

칼무흐는 그저 빌 수밖에 없는 자신이 무력하게 느껴졌다.

하지만 직접 손을 본 장비들로 올로니스를 몰아붙일 때마다 묘한 희열이 느껴지는 것도 사실이었다.

아들의 복수.

올로니스를 죽일 수만 있다면 그는 무엇이든 할 수 있었다.

'아······!'

하지만 이내 올로니스가 악마의 형상으로 변한 걸 보며 칼무흐는 입술을 강하게 깨물었다.

설마 형상을 갖출 수 있는 악마일 줄이야.

보통은 고위급 악마나 가능한 일이다. 올로니스의 실력이 아무리 뛰어나다지만 고위급이라 할 순 없었다.

하여 생각도 안 하고 있었건만.

변신했다면 무영의 승률은 한없이 낮아진다.

겨우 대등한 싸움을 치르고 있었는데 단번에 역전이 된 것이다.

압살.

지속 시간이 아무리 짧다고 해도 격차가 벌어지면 순식간에 찍어 누르는 게 가능하다.

올로니스가 바보가 아닌 이상에야 최대한 빨리 전투를 끝내려 할 것이다.

그리고 그 수를 막아낼 방법이 무영에겐 없었다.

모두가 그렇게 생각했다.

"물러나십시오. 강력한 저주의 힘이 느껴집니다."

사제가 입을 열었다.

이후 무릎을 꿇더니 '순'의 이름을 되뇌었다.

구름이 소환되며 주변에 있는 이들을 감싸자 동시에 무영을 중심으로 강력한 저주의 파동이 울리기 시작했다.

쿠우웅.

쿠우우우웅.

반투명하고 거대하기 짝이 없는 해골이 무영의 등 뒤로 솟아났다.

그러기 무섭게 관람석에서 이를 지켜보던 괴물 중 몇몇이 바닥에 쓰러졌다.

저주의 여파를 버티지 못한 것이다.

"저 해골은 대체 뭡니까?"

버그가 사제에게 물었다.

사제는 땀을 삐질 흘리며 힘겹게 답했다.

"모르겠습니다. 하나 원래는 이 세상에 존재하지 말아야 할 부정된 존재임은 확실합니다. 심연 안에서 봉인되어 있어야 하는 게 정상인……."

"심연이요?"

"신들이 악한 혼들을 봉인한 장소입니다. 허, 모든 게 드러난 게 아님에도 이 정도 존재감이라니……. 도깨비가 어떻게 심연 속에서 저만한 악령을 끌어냈는지 진심으로 궁금해지는군요."

악령 포식자를 바라보는 사제의 눈이 떨렸다.

심연 속의 존재가 깨어났다.

도깨비가 깨웠다.

심지어 그 심연 속의 존재가 지금, 도깨비에게 도움을 주고 있었다.

말도 안 되는 일이었다.

심연에 갇힌 악령은 모든 걸 증오하고 파괴하길 바란다.

도움? 그런 관념이 있을 리 없다. 그렇기에 신들에 의해 봉인당한 것이고.

쾅!

올로니스와 무영이 격돌했다.

하지만 누가 봐도 올로니스의 다급함이 느껴지는 움직임이었다.

무영은 한 치도 밀리지 않았다.

한순간 불리해지나 싶었지만 다시금 대등한 상태로 돌아온 것이다.

하지만 올로니스의 움직임은 거의 발악과 같았다.

그것도 시간이 정해진 마지막 몸부림이었다.

그렇게 10분이 지나자 악마의 형상이 풀리며 올로니스가 다시금 원래의 상태로 돌아왔다.

"넌 대체 뭐란 말이냐! 내 눈으로도 읽지 못한 힘이라니, 있을 수 없다!"

올로니스가 외쳤다.

무영은 무표정하기 그지없는 얼굴로 손을 들었다.

푹!

비탄이, 올로니스의 심장을 꿰뚫었다.

무영이 비탄을 빼내자 올로니스의 몸이 축 늘어졌다.

하지만 모든 게 끝나진 않았다.

그와 동시에 올로니스의 세 번째 눈에서 피눈물이 급격하게 쏟아지기 시작한 것이다.

'자폭!'

눈썹을 찌푸리자 무영보다 먼저 악령 포식자가 움직였다.

스며들 듯이 올로니스의 신체로 다가서자 세 번째 눈에서 흐르던 피눈물이 멎었다.

투욱!

작은 파열음과 함께 올로니스가 고개를 떨어뜨렸다.

하지만 한 발 늦은 듯싶었다.

'……뇌가 파열됐군.'

쯧.

작게 혀를 찼다.

이래선 언데드로 만들어도 원하는 정보를 얻을 순 없었다.

마신들의 파벌 상황과 그레모리의 위치 등을 묻고 싶었지만 그 전에 상황이 종결된 것이다.

고개를 돌리자 악령 포식자가 무영을 내려다보고 있었다.

'죽음의 예술 스킬을 사용해 달라?'

자폭은 막았을지언정 강제로 몸에 들어가 육신을 차지할

순 없는 모양이다.

무영은 고개를 끄덕이며 죽음의 예술 스킬을 사용했다.

그 순간 악령 포식자가 올로니스의 몸으로 흡수되었다.

〈강렬한 영혼의 파동!〉

〈'악령 포식자'가 재료를 급격히 강화시킵니다.〉

〈예술 점수 93점!〉

〈악령 군주. 데스나이트가 완성되었습니다!〉

이름: 악령 포식자

레벨: 350

성향: 데스나이트

힘 380

민첩 365

체력 338

지능 210

지혜 249

마법 저항 300

+**완전한 자율체**(명령을 듣지 않습니다.).

+**무한한 성장**(스스로 성장합니다.).

+**군주의 자격**(영토를 갖고 병사를 지휘할 수 있습니다.).

검은 망토를 펄럭이며 두꺼운 롱소드 한 자루를 쥐고 있었다.

완성된 결과물을 보고 무영은 크게 놀랄 수밖에 없었다.

데스나이트라니!

리치조차 많아야 한 기를 만들어 다니는 게 고작인 최고위급의 언데드였다.

올로니스의 몸을 차지한 악령 포식자가 무영에게 시선을 줬다.

원하는 게 있느냐?

그리 물어보는 것 같았다.

'켈베로스.'

무영의 뇌리에 한 가지가 떠올랐다.

3가지를 준비해 켈베로스를 잠재우는 게 최선이라 여겼건만 데스나이트가 등장했다면 이야기가 다르다.

누구도 도전하지 못했던 일.

켈베로스의 사냥마저도 가능할 듯싶었다.

거기서 끝이 아니었다.

〈대단한 예술품이 완성되었습니다!〉
〈스킬 '죽음의 예술'의 랭크가 상승했습니다. C → B〉
〈'아수라도'의 정복율이 65%에 도달했습니다.〉

C랭크 이후 정체 현상을 보이던 죽음의 예술 스킬의 랭크가 오른 것이다.

아수라도의 군주 하나가 튀어나옴으로써 정복율도 크게 올랐다.

하지만 특이한 점은 분명히 있었다.

죽음의 예술을 사용하여 만들었음에도 명령이 통하지 않는다는 점.

스스로 성장하며 군주가 될 수 있는 점 또한 눈에 띄긴 하지만, 약간의 호의는 있을지언정 다른 언데드처럼 무영을 마냥 따르지는 않는 것이다.

"왕은 독립된 개체다."

무영의 의문에 답하듯 악령 포식자가 말했다.

이제 보니 말도 할 수 있는 모양.

"나를 현세로 꺼내준 것에 대한 감사는 전하지. 답례로 한 가지 도움을 주마. 하지만 네가 나를 속박할 순 없다."

애당초 따를 생각이 없다는 뜻이다.

단순 능력치만 보더라도 악령 포식자와 무영은 하늘과 땅만큼의 수준 차이가 있었다.

덤비는 건 어불성설.

아무리 무영이 경험이 많고 정면 승부를 피한다고 하더라도 어찌할 수 없을 정도다.

하지만……

악령 포식자는 하나만 알고 둘은 몰랐다.

무영에 의해 현세에 신체를 얻었으니 그 생사여탈 또한 무영이 쥐고 있다는 걸 모르고 있는 듯싶었다.

악령 포식자의 머리 위로 보이는 저 까만 영혼.

바로 '영혼 착취'가 가능하다는 표식이었다.

"나를 따르지 않는 언데드는 필요 없다."

무영이 냉정하게 말하자 악령 포식자가 툭 하고 검으로 바닥을 한 차례 때렸다.

"그럼 어쩔 셈이지? 왕은 누군가를 따르지 않는다. 나는 심연에서 벗어나 현세의 왕이 될 것이다."

자신을 저지할 수 있느냐는 듯 위협적인 태도로 일관했다.

무영은 손을 뻗었다.

검은 혼을 손에 쥐자 악령 포식자의 표정이 바짝 굳었다.

"……잠깐. 인간이 어떻게 내 혼을 보고 쥘 수가 있는 거지?"

"마음만 먹으면 없앨 수도 있다."

"말도 안 된다. 너의 혼이 나보다 상위의 격을 갖추지 않는 한 불가능한 일이다."

"불가능한지 가능한지는 확인해 보면 알겠지."

살짝 궁금했다.

데스나이트 수준의 언데드를 영혼 착취하면 얼마나 가파른 성장을 할 수 있을지 말이다.

악령 포식자는 다급해졌다.

있을 수 없는 일이 버젓이 벌어졌다.

수천만 악령을 다스리던 군주.

자신의 혼보다 인간 하나의 혼이 더 높은 격을 가지고 있을 리 없었다.

하지만 한 번의 도전으로 모든 게 끝날 수도 있는 상황이었다.

바로 데스 로드의 존재가 악령 포식자의 격보다 한 차원은 더 높다는 뜻이었고 영혼 착취가 활성화된 이상 무영은 마음만 먹으면 악령 포식자의 영혼을 날려 버릴 수 있었다.

그것을 깨달은 악령 포식자가 태세를 전환했다.

"도움을 주마. 나를 심연에서 꺼내준 답례로 앞으로 30일간 봉사하겠다."

단 한 번의 도움에서 30일간의 봉사로 말이 바뀌었다.

양보한 감이 있긴 했다.

평생을 부리려 한다면 반발부터 할 것이다.

그러나 그냥 받아들여 줄 순 없는 노릇.

무영은 고개를 저었다.

"90일."

"80일. 더 이상은 안 된다. 나는 하루라도 빨리 세력을 일궈야 한다. 왕으로서의 위엄을 보여야만 수천만 영혼의 군주가 될 자격을 증명할 수 있다."

나름 이유가 있는 듯싶었다.

무영도 그 수준에서 납득하기로 하였다.

악령 포식자가 진정으로 왕이 될 생각이라면 관계를 다져 놔서 나쁠 건 없었다.

최상위의 괴물을 80일간 마음껏 다룰 수 있다면 성장에도 크나큰 도움이 될 것이다.

지옥마처럼 제약이 있는 것도 아니었으니.

"좋다. 하지만 내 말을 따라야 할 것이다."

"알겠다."

악령 포식자도 동의했다.

무영이 막 발을 옮기려 할 때 대뜸 누군가가 앞을 막아섰다.

칼무흐.

잔뜩 상기된 표정으로 다가와 악령 포식자와 무영을 번갈 아 바라봤다.

"오, 올로니스는 어떻게 된 것입니까?"

"그는 죽었다."

"하지만 저렇게 버젓이……."

"올로니스의 몸을 차지한 다른 영혼이다."

칼무흐의 눈이 커졌다. 약간은 믿기지 않는다는 눈초리였다.

무영은 아수라도로 흡수되었던 올로니스의 영혼을 꺼내서 쥐었다.

"이것이 올로니스의 영혼이다. 원한다면 주마."

물건 같은 것에 속박시켜서 평생 고통받도록 하는 게 가능할 것이다.

칼무흐가 침을 꿀꺽 삼키며 말했다.

"호, 혹시, 그렇다면 제 아이의 영혼도 해방시켜 주실 수 있습니까?"

"해방?"

"올로니스에 의해 제 아이는 죽어서도 해방되지 못하며 괴로워하고 있습니다."

칼무흐의 표정은 간절했다.

하지만 무영에겐 딱히 방법이 없었다.

이에 악령 포식자에게 시선을 건네자 악령 포식자가 고개를 끄덕였다.

"악마 놈이 노예처럼 다루던 혼들을 말하는 모양이군. 좋다. 알아서 찾아봐라."

악령 포식자가 발을 굴렸다.

쿵!

소리와 함께 대지가 갈라지며 그 아래에서 수천의 혼이 솟아올랐다.

그리고 그 혼들은 이내 형상을 갖췄다.

살아생전의 모습으로 초점 없이 악령 포식자의 뒤에 선 것이다.

저것이 바로 악령 포식자의 권능이었다.

혼에게 형상을 부여하고 싸우게 할 수도 있는 듯싶었다.

'대단하군.'

무영은 내심 감탄했다.

데스 로드의 존재가 악령 포식자보다 상위에 있다지만 그의 힘을 무영은 온전히 다룰 수 없었다.

당장 언데드나 망령을 다루는 수준으로는 악령 포식자보다 훨씬 뒤처졌다.

칼무흐가 주변을 두리번거리며 자신의 아이를 찾았다.

그러길 어느 정도나 되었을까.

"아……!"

탄성을 내지르며 칼무흐가 뛰었다.

그러곤 한 드워프 아이의 앞에 서선 오열을 했다.

"으허허헝! 칼라모, 이 녀석아. 왜 여기서 춥게 이러고 있는 거냐. 응?"

칼무흐는 아이의 양어깨를 부여잡고 무릎을 꿇으며 한참이나 탄식을 내뱉었다.

"이 애비가 잘못했다. 호기심에라도 들어오면 안 됐어. 나를 원망하려무나. 나를 원망해……."

자책도 섞였다.

그를 지켜보던 악령 포식자가 가만히 말했다.

"원한다면 새로운 육체에 그 영혼을 담아줄 수도 있다."

칼무흐의 귀가 쫑긋했다.

악마의 속삭임이 따로 없었다.

하지만 이내 고개를 저었다.

"괜찮습니다. 더 이상 제 아이가 고통받게 하고 싶지 않습니다."

정에 눈이 멀어 멍청한 짓을 저지르진 않았다.

칼무흐도 알고 있는 것이다.

아무런 대가없이 그런 게 가능할 리 없다고.

새로운 육체에 영혼을 담는다고 그의 아들이 되살아나는 건 아니었다.

전혀 다른 결과물이 튀어나오게 되어 있었다.

영혼과 육신은 서로 연동하는 관계이기에.

다른 그릇에 영혼이 정착하면 부작용이 생길 수 있었고, 아니면 아예 감정 없는 인형이 될 수도 있었다.

그런 의미에서 보자면 지금 칼무흐의 선택은 현명했다.

"해방시켜 줘라."

무영이 말하자 악령 포식자가 손을 저었다.

그러자 아이의 형상이 점차 흐려지기 시작했다.

영혼이 본래 있어야 할 장소로 돌아가는 것이다.

"칼라모. 아아, 칼라모……!"

털썩!

잠시 후 아이의 형상이 완전히 사라진 덕에 칼무흐의 신체가 바닥으로 쓰러졌다.

무영은 불현듯 궁금증이 생겨 물었다.

"영혼이 어디로 향하는 건지 아는가?"

"창조주 외엔 아무도 모른다. 다만, 새로이 태어난다고는 하더군."

다시 태어난다라.

악령 포식자도 자세한 건 알지 못하는 듯싶었다.

'나도 죽었지.'

살수림을 지운 뒤 무영은 한 차례 죽었다.

이후 시간을 되돌아왔지만 이 세상엔 분명히 '혼'의 존재가 자리하고 있었다.

죽은 이후 혼은 분명히 육신에서 벗어났을 터.

자각은 없지만 또 다른 과정이 있었기에 과거로 돌아온 건 아닐까?

무영은 어깨를 으쓱했다.

신이 되지 않는 한은 알 수 없는 일이었다.

칼무흐는 한참이나 넋을 잃고 멍하니 있더니 애써 정신을 되찾으며 무영의 앞으로 다가왔다.

손으로 눈물을 비벼낸 그가 입술을 꾹 깨물며 말했다.

"감사합니다. 제가 죽는 그날까지 평생을 따르겠습니다."

다행히 칼무흐는 망연자실하고 있지만은 않았다.

약속을 분명히 기억하고 있었던 것이다.

"그러도록."

무영은 고개를 끄덕이며 투기장을 벗어났다.

켈베로스의 공략법이 필요가 없어졌으니 온스를 모아봤자 쓸데가 없었다. 하여 무영은 남은 온스 전부를 사용해 온갖 노예를 거둬들였다.

물론 기준은 있었다.

이성이 존재하며 나름의 머리 회전이 되는 종족만 골랐다.

그렇게 1층의 최후 승자가 될 때까지 이천에 가까운 노예를 거둬들일 수 있었다.

동시에 최다 승리를 기록했다.

227승 0무 0패!

승부사 효과로 다수의 승리를 빼앗아 온 결과였다.

〈지하 투기장에서 최다 승리를 경신했습니다.〉

〈히스토리에 '지하 투기장의 제왕'이 추가됩니다.〉

〈솔로몬의 전당에 이름을 올렸습니다. 이름이 밝혀지는 걸 거부했습니다.〉

1. 무명(No-name) - 227승

2. 류신 - 201승

3. 오오츠키 유카 - 167승

류신과 오오츠키 유카.

둘 다 무영이 익히 아는 자였다.

권왕 류신, 그리고 닌자들의 여왕 오오츠키 유카를 무영이 모를 리 없는 것이다.

잠시 후 또 다른 글귀가 눈앞에 솟아올랐다.

〈시련이 끝나지 않았습니다.〉

〈최후의 시련, 켈베로스와의 사투가 시작됩니다.〉

1층 투기장의 저 너머에 거대한 문이 있었다.

이후 그 문이 열리며 세 개의 머리를 가진 거대한 괴물이 모습을 드러냈다.

크와아아앙!

크기만 10m를 훌쩍 넘길 법한 몸집.

세 개의 머리는 각각의 능력을 지니고 있었다.

본래라면 싸우는 방법은 택하지 않았을 거다.

하지만 악령 포식자의 존재로 싸울 수 있는 여건이 마련됐다.

"괜찮은 탈것이로군."

악령 포식자가 켈베로스를 보고 턱을 쓸었다.

무영은 잠시 이맛살을 구기다가 납득했다.

'죽이는 것보다 제압이 어려운 법이다.'

시련은 그 내용에 따라 평가를 받게 되어 있었다.

제압이라면 충분히 좋은 평가를 받을 터.

"시작하지."

스릉!

비탄과 흥신의 검이 울었다.

우히는 잔뜩 흥분하며 허공에 날갯짓을 했다.

"봐봐! 우히가 말했지? 우리 낭군님이 다~ 해결할 거라고."

"끙……."

뚱뚱이 요정 헉헉이가 앓는 소리를 냈다.

처음의 의도는 제대로 된 시련을 보여줘서 우히의 마음을 사로잡는 것이었는데 우히는 이미 한 사람에게 푹 빠져 있었다.

그래서 일부러 현상금을 내걸고 방해를 하려 했지만 저 도깨비는 멈추지 않고 미친 듯이 달려만 갔다.

심지어 데스나이트를 만들더니 지금 켈베로스를 공략하고 있었다.

"우히히히. 낭군님은 정말 대단해. 우히가 알려준 방법을 사용하지 않고 그냥 막 때려잡고 있잖아."

"알려준 방법?"

즉시 자신의 실수를 깨달은 우히가 시치미를 뚝 뗐다.

"낭군님! 이겨라!"

그 모습을 보며 헉헉이는 한숨을 푸욱 내쉬었다.

도깨비와 요정은 절대로 어울리는 조합이 아니지만 이미 푹 빠진걸 어쩌겠는가.

더는 그녀의 마음을 돌릴 방법이 없을 듯했다.

그래서 한줄기 희망을 담고 켈베로스를 바라봤다.

'켈베로스를 도깨비가 어떻게 이기겠어?'

차라리 켈베로스와의 싸움에서 도깨비가 죽기를 바랐다.

그러면 우히도 정신을 차리고 자신을 봐 주리라고.

하지만 모두 헛된 희망에 불과했다.

도깨비보다 도깨비가 만든 데스나이트가 문제였다.

그야말로 훨훨 날아다니며 켈베로스를 유린한 것이다.

심지어 마지막엔 켈베로스를 '테이밍'까지 했다.

"헉헉! 말도 안 돼! 켈베로스한테 테이밍이 먹힌다고?"

헉헉이가 비명을 내질렀다.

켈베로스만 한 괴물을 길들이는 건 불가능하다.

한데, 저 데스나이트는 그걸 해냈다.

데스나이트는 켈베로스의 등 뒤에 타더니 마음껏 부리기 시작했다.

데스나이트 본연의 '탈것'을 구하는 능력과 악령 포식자의 권능이 합쳐지며 켈베로스의 조련마저 가능하게 만든 것이다.

헉헉이의 턱이 자연스럽게 벌려졌고 무영이 문 너머에서 보상을 고르자 투기장이 무너져 내리기 시작했다.

콰르릉!

투기장의 시련이 종결되었음을 뜻했다.

이어 모든 게 무너지자 시련 상자가 부서지며 원래의 세상을 비췄다.

"응? 저게 뭐지?"

원래의 세상으로 돌아온 우히가 대뜸 하늘을 보곤 고개를 갸웃했다.

하늘에 뜬 유난히 붉은 별 하나.

주변 수백, 수천의 별을 합쳐도 저보단 밝지 못하리라.

모든 걸 집어삼킬 듯 별은 빛나고 있었고 순수하기 그지없었다.

그 순수성에 이끌려 멍하니 별을 바라보던 우히가 다시 무영에게로 시선을 옮겼다.

왜인지 모르겠지만 붉은 별과 무영에게서 비슷한 느낌이 났기 때문이다.

그리고 그런 우히의 생각은 어느 정도 맞아떨어졌다.

가장 높은 곳에 뜬 붉은 별.

그것은 바로 절대자의 별이었다.

20장
세 자루 곡괭이 연맹

켈베로스는 물과 불, 그리고 번개를 다룰 줄 아는 최상위의 괴물이었다.

하지만 상대가 나빴다.

데스나이트는 언데드 중에서도 적수가 없다고 전해지는 괴물이다.

리치와도 비견되며, 잘 만들어진 데스나이트는 본 드래곤 수준의 파괴력을 낸다고 전해진다.

악령 포식자는 엄밀히 말해서 그 정도의 급은 아니었다.

하지만 무한하게 성장할 수 있으며 왕의 자질을 지녔다.

몇몇 면에선 오히려 악령 포식자가 낫다는 뜻.

켈베로스와의 전투 와중에도 악령 포식자는 끊임없이 강해졌다.

수 시간의 전투 끝에 제압한 뒤, '탈것'으로 지정해 버린 것이다.

'놀랍군.'

설마 정말로 켈베로스를 길들일 줄이야!

반신반의하였던 게 현실이 되었다.

마룡에 비하면 한참 부족하다지만 그래도 최상위의 괴물이다.

숫자 자체가 매우 적으며 홀로 모든 판도를 바꿔 버릴 수 있는 괴물을 사람들은 최상위의 괴물이라고 부른다.

데스나이트에 이어서 켈베로스라.

그야말로 '걸어 다니는 핵폭탄'이 완성된 셈이었다.

〈한계를 벗어나 시련을 돌파한 자여! 그대의 무용에 이면의 주인들이 매우 만족해합니다.〉

〈투기장의 제왕, 켈베로스의 제압에 성공했습니다.〉

〈불가능 판정을 받았습니다.〉

〈이면의 주인들이 심사를 시작합니다.〉

〈달과 별의 여왕이 '별빛'을 선물합니다.〉

별빛?

무영은 고개를 갸웃했다.

손 위에 노란빛을 띠는 열쇠가 생성되었다.

하지만 생전 들어본 적 없는 것을 선물로 받은 것이다.

시선을 집중하자 열쇠에 대한 설명에 떠올랐다.

명칭: 별빛

등급: 무(無)

내구: 무(無)

분류: 기능형

효과: 별빛을 다룰 수 있는 열쇠

* 소유한 별에 따라 발현되는 능력이 상이하다.

(절대자의 별: 하늘에 떠 있을 때, '절대자의 영역' 선포 가능.)

(절대자의 영역 – 별의 빛이 닿는 반경 내의 적들을 약화시킨다. 강인함 효과를 대폭 낮춘다.)

* 소유한 별의 개수에 따라 능력치 증가.

(절대자의 별: 모든 능력치+10)

* '별 약탈자' 권능.

–별 소유자를 제압할 시 상대의 별을 강제로 빼앗아 올 수 있다.

무영의 시선이 한동안 열쇠에서 떠나지 않았다.

별빛.

그 이름처럼 무한한 가능성을 나타내는 단어였다.

'별은 특별한 존재에게 주어지는 선물이다.'

간혹 있었다.

별의 부름을 받았다고 칭해지던 영웅들이.

그런 이가 출현하면 하늘에 특이한 별이 떠오르곤 했다.

사람들은 그 별의 출현으로 말미암아 세상에 누군가 대단한 존재가 나타났다는 사실을 알 수 있었다.

무영이 그중 하나가 된 것이다.

하물며 다른 별을 약탈할 권능마저 손에 넣었다.

물론 저 별이라는 게 영웅에게만 주어지는 것은 아니었다.

다른 이들과 비견할 수 없는 이는 그 상징으로써 별이 떠오르곤 했다.

그 모든 별을 강탈할 수 있다면?

강탈한 별은 그 즉시 전력이 된다. 별에 따라 기능이 상이하니 별빛은 가능성 그 자체였다.

'달과 별의 여왕……'

여태껏 나왔던 이면의 주인들과도 다르다.

아예 처음 보는 이름이었다.

무영의 심사에 그다지 적극적이지 않았다는 의미이며 무슨 이유인지는 모르겠지만 갑작스럽게 마음을 바꿨다는 뜻이다.

데스 로드, 쉐도우 로드, 황천의 지배자, 정령군주, 12궁도의 별, 킹 슬레이어, 달과 별의 여왕.

이로써 무영이 알게 된 이면의 주인은 모두 7명이 되었다.

나머지 4명은 아직도 베일에 싸여 있었다.

"언제까지 멍하게 있을 것이냐."

켈베로스에 올라탄 악령 포식자가 말했다.

무영은 고개를 끄덕이고 열쇠를 집어넣었다.

'올로니스가 계속 재도전하며 찾았던 게 저 너머에 있다.'

무려 일곱 번이다.

일곱 번이나 투기장에 도전하며 얻으려 한 게 있었다.

그게 무엇인지 찾아볼 계획이었다.

무영은 발을 움직여 거대한 문의 너머로 들어갔다.

거대한 문을 넘었지만 안에 들어 있는 물건은 몇 개 없었다.

정확히는 책 세 권이 전부였다.

각자 〈역행의 천사〉, 〈악마의 부름〉, 〈황혼의 역사〉라 적혀 있었다.

'이 중 하나만 선택할 수 있다.'

무영은 턱을 쓸었다.

이런 한정된 보상은 으레 한 가지만 선택할 수 있는 법이었다.

아마도 하나를 고른 순간 이변이 일어나리라.

문 안으로 들어온 숫자와는 관계가 없었다.

오로지 하나.

신중해질 필요가 있었다.

'책 형태로 주어지는 보상은 스킬, 혹은 보물 지도 같은 경우가 대부분이다.'

곰곰이 생각했다.

이름으로 말미암아 추정하자면 스킬은 아닌 듯싶었다.

그렇다면 보물 지도일까?

'올로니스가 원했던 것.'

이름만으로는 한계가 있다.

하여 주목의 대상을 올로니스로 바꿨다.

노예 악마이지만 바싸고에 대한 충성심은 여전한 듯했다.

오히려 악마에 대한 프라이드를 제대로 갖추고 있었으니 자신이 노예가 된 점을 안타깝게 여겼을 것이다.

노예 신분에서 벗어나려 했을 것이고 그러기 위해선 마신 바싸고에게 직접적으로 도움이 될 만한 일을 벌일 필요가 있었다.

'악마의 부름.'

무영은 가운데에 놓인 책을 선택했다.

이유는 간단하다.

역행의 천사…….

마계에는 천사가 없다.

황혼의 역사?

황혼 시대를 연 엘프의 이야기일 가능성이 다분하다.

간혹 고서들을 찾다 보면 나오는 마계의 이야기다.

이 역시 인간이나 마신과는 별반 상관이 없었다.

그나마 가능성이 있다면 악마의 부름뿐이었다.

하나 책을 펼치려 했지만 꿈쩍하지 않았다.

〈펼칠 수 없습니다.〉
〈고위 악마의 힘이 필요합니다.〉

'고위 악마라.'
이 한 문구만으로도 심상치 않은 물건임을 알겠다.
안의 내용이 무척이나 궁금하지만 일단은 뒤로했다.
어차피 언젠가는 고위 악마와도 만나게 되어 있었다.
무영은 마신의 영역에서 영토를 가진 영주가 됐다.
영토를 넓히고 지배력을 강화시키다 보면 필연적으로 근
처의 다른 악마가 반응할 수밖에 없었다.
쿠르르릉!
불현듯 투기장이 흔들렸다.
나머지 두 권의 책은 증발하듯 사라졌다.
주변을 둘러보자 돌에 균열이 가고 가루가 되어 떨어지고
있었다.

〈보상의 선택이 종료되었습니다.〉
〈투기장의 붕괴가 지속됩니다.〉
〈시련 상자 바깥으로 강제 전이됩니다.〉

동시에 무영의 몸이 옅어지기 시작했다.

다시 눈을 떴을 때 무영은 시련 상자의 바깥에 위치하고
있었다.

처음 들어온 장소로 돌아온 것이다.

하지만 달라진 점은 분명히 있었다.

우선, 동굴이 무너졌다. 엄밀히 말하자면 돌무더기 위에
서 있는 셈이었다.

그리고 주변을 가득 채운 노예의 존재다.

물경 이천에 달하는 숫자의 노예가 줄줄이 무영만 바라보
고 의아한 표정을 지은 채 서 있었다.

켈베로스에 탄 악령 포식자는 이를 굉장히 흥미롭게 바라
보고 있었다.

놈 또한 왕이 되려는 자다.

악령들을 지휘해 아수라도가 아닌 현세에서 군주로 우뚝
설 예정이었으니 무영의 행보가 궁금한 건 당연지사였다.

'별⋯⋯. 진짜 별이 떠올랐군.'

하지만 무영은 그들을 다루기 전에 하늘부터 올려다보았다.

까만 밤하늘을 수놓은 수많은 별 중에 유독 붉은색을 띠는
별이 하나 있었다.

무영은 본능적으로 저것이 자신의 별임을 깨달았다.

별을 가진 몇몇 이를 죽여봤지만 무영 스스로가 별을 얻은

적은 단언컨대 한 번도 없었다.

알 수 없는 감정이 벅차게 피어올랐다.

무영은 이것을 '감동' 내지는 '기쁨'이라고 보았다.

별로 느껴본 적이 없는, 이미 죽었다고 여긴 감정이 조금이나마 물꼬를 튼 것이다.

한 차례 고개를 내저으며 다시 주변을 둘러봤다.

"따라와라. 영지로 간다."

그리고 천천히 발을 옮겼다.

각기 다른 종족이 한데 모일 장소로는 자신의 영지만 한 곳이 없었다.

자리를 비운 사이 영지는 놀랍도록 발전해 있었다.

2만 도깨비가 영토를 개척하고 인간은 씨를 뿌렸다.

마계에선 어지간한 작물이 제대로 자랄 수 없지만 무영의 영토에선 물만 잘 주면 충분히 자랄 여건이 되었다.

머지않아 장문의 글귀가 떠올랐다.

〈영토가 확장되었습니다.〉

〈100종이 넘는 종족이 합류했습니다.〉

〈영주 점수 300점을 획득했습니다.〉

〈스킬 '영주'의 랭크가 상승합니다. C -〉 B〉

〈'영주의 성'을 지정할 수 있습니다. 성으로 지정된 건물엔 파

괴 불가 옵션이 추가됩니다. 성을 점령당하면 영주의 자격을 상실하게 됩니다.〉

높아진 랭크와 성.

본격적인 영주로서의 활동을 야기했다.

영토에 발을 들이자 가장 먼저 무영을 반긴 건 발탄과 서한이었다.

둘은 비장한 눈빛으로 무영의 앞에 무릎을 꿇었다.

"움이시여! 결투를 허락해 주십시오."

"영주님을 뵙습니다."

하지만 두억시니인 서한은 꽤 흥분한 상태였고 발탄은 제법 얌전한 말투로 말했다.

애당초 발탄은 언데드였으니 감정의 흔들림이 적었다.

하지만 의지는 있었다.

인간과 도깨비의 자존심이 걸린 결투다. 결코 소홀히 여길 리가 없었다.

하나, 무영은 고개를 저었다.

"먼저 이들을 맞이할 공간을 마련해라. 결투는 그 뒤에 시작하겠다."

이천 명의 노예가 무영의 뒤에 있었다.

엘프, 비스트, 드워프 등 100종이 넘는 이종족이 모였지만 그들의 상태는 썩 좋지 못했다. 영양실조나 갖은 상처, 막연한 두려움을 품고 있었던 것이다.

이들을 맞이할 장소가 필요했다.

"제가 안내할게요. 저를 따라오세요."

사뿐히 걸어온 아이린이 발탄과 서한 사이에 섰다.

발탄이나 서한은 서로의 눈치를 보느라 쉽사리 움직일 수 없을 때 자신의 역할을 정확히 인지한 아이린이 나선 것이다.

그녀는 전과 달리 싱그럽게 웃으며 노예들을 안내했다.

그리고 저 멀리서 움직이는 수많은 도깨비를 바라보던 칼무흐가 말했다.

"이곳이 주인님의 땅입니까?"

"그렇다."

"제가 할 일이 많겠군요."

칼무흐가 작게 미소 지었다.

아마도 건축물 등을 보고 저런 말을 한 것일 테다.

드워프가 나설 일은 충분히 많았다.

무영은 고개를 주억이며 앞으로 나아갔다.

'영지를 정비한 뒤 세 자루 곡괭이 연맹을 찾는다.'

일의 순서는 확실히 해야 하는 법이었다.

같은 시각.

거대 집단들의 수장들이 하늘을 올려다봤다.

그들은 하늘에 뜬 유독 붉은 별 하나에 시선을 집중시키고 있었다.

새로운 별의 출현은 항상 모두를 긴장하게 만든다.

갖는다면 한 단계 더 도약할 힘이 될 것이고 갖지 못한다면 이를 갈 수준의 걸림돌이 될 것이다.

집단의 수장들이 동시에 일어났다.

"저 별의 이름이 뭐지?"

스카우터 중에는 별을 연구하는 자들도 있었다.

거대 집단이라면 연구소를 하나씩은 갖고 있었고, 그들은 기존의 별을 탐구하며 게이트가 열리는 주기나 이변이 일어날 징조를 미리 읽어내곤 했다.

10년 뒤 무엇인가가 일어난다는 징조를 읽어낸 연구소도 있었지만 아직 그게 무엇인지 확정되지는 않았다.

하여간, 새로운 별의 출현 역시 그들이 연구할 대상이었다.

그리고 별의 이름 정도는 어렵지 않게 알아낼 수 있었다.

"절대자의 별……이라고 합니다."

"절대자의 별?"

이름을 듣는 순간 눈썹을 찌푸릴 수밖에 없다.

어찌 그토록 오만한 이름이란 말인가!

어느 누구도 절대자를 논할 순 없다.

인류 10강에 들었다는 강자조차 마찬가지였다.

절대자란 이름은 그만한 무게가 있었다.

그런데 그와 관련된 별이 떠올랐다.

"찾아라. 별의 주인이 누구인지! 어느 누구보다 먼저 찾아야 할 것이다."

인류의 모든 집단이 작거나 크게 움직이기 시작했다.

그들의 목표는 하나였다.

절대자의 별을 가진 주인을 찾는 것!

하지만 어느 누구도 성과를 낼 수 없었다.

당연한 일이었다.

그들이 있는 곳은 인간의 영역.

마신의 영역에서 자신의 세를 불리고 있는 무영을 어느 누가 찾겠느냐 말이다.

각기 다른 종족이 처음부터 조화되어 살아가는 건 불가능한 일이다.

그렇기에 구역을 나누고 각자의 영역을 철저히 인정해 줄 필요가 있었다.

다행히 그 역할에 지대한 영향을 미친 게 칼무흐다.

그는 종족별 건물 양식 따위를 모두 알고 있었고 평균 이상으로 재현해 놓았다.

너른 영토가 제법 영지다운 모습을 갖추는 데 2개월가량이 걸렸다.

낮은 벽을 두르고 쉴 공간을 만드는 등 그야말로 정신없는 시간을 보냈다.

무영을 위한 영주성도 그럴싸하게 지어졌다.

다른 대도시의 성에는 아직 비교되지 않지만 드워프의 실력이 제대로 녹아든 장소인 것이다.

성의 구성이나 훌륭함은 어느 성과도 비교할 수 없었다.

'영주는 누군가를 다스리는 자리다.'

무영은 성의 꼭대기에 올라 아래를 내려다보았다.

영주.

자신이 진지하게 이 자리에 대해서 고민하게 되는 날이 올 줄은 꿈에도 몰랐다.

처음에도 그냥 지나가는 자리로 생각하지 않았던가.

하지만 이제는 다르다.

영토를 넓혀 대영주의 자리에 앉아야 할 이유가 생겼다.

'그레모리의 마왕…… 그 자격을 증명해야 하지.'

다음 단계로 넘어가기 위해선 영지를 공작령 이상으로 키워야 하는 것이다.

말인즉, 영지를 가진 다른 악마들이 신경을 쓰게 될 정도가 되면 새로운 국면에 접어든다는 뜻이었다.

그리고 무영은 단순히 마왕의 자격 외에도 점차 의문이 쌓여가고 있었다.

마신들의 생태와 대혼돈이 일어나기 전에 무슨 일이 있었는지.

그것을 제대로 알아낼 수만 있다면 미래를 바꿀 수 있을지도 모른다.

"움이시여 나와 보셔야 할 것 같습니다."

그때, 서한이 식은땀을 삐질 흘리며 달려왔다.

"무슨 일이지?"

무영이 묻자 서한이 무릎을 꿇고 답했다.

"불타르들이 내려왔습니다."

"불타르가?"

"예, 아무래도 저희가 영토를 넓히던 도중 그들의 영역을 살짝 침범한 듯싶습니다. 이대로 가다가는 전면전이 벌어질 듯하여……."

불타르는 거인이다.

상위의 포식자이며 모든 걸 파괴하는 괴물.

생태 파괴의 주범인 불타르의 영역을 건드렸다면 쉽게 끝날 리가 없었다.

'불타르도 부족마다 나뉘어 있지.'

무영은 오가르를 떠올렸다.

품의 나무가 가진 문제를 해결해 주고 그의 환심을 사는 데에는 성공했지만 그가 소족장으로 있는 부족은 이곳에서 꽤 거리가 있는 곳에 자리하고 있었다.

즉, 다른 불타르의 부족일 가능성이 농후했다.

무영은 미간을 좁혔다.

일반적인 도깨비는 불타르를 이기지 못한다.

두억시니가 상대한대도 마찬가지다. 애당초 상성이 너무 나쁘다.

불타르는 불을 다루고 불이란 생명체에게 있어 원초적인 공포와도 같았기에.

"알겠다."

무영은 고개를 끄덕이고 몸을 돌렸다.

그나마의 중재를 위해선 직접 몸을 움직여야 할 듯했다.

수천의 도깨비가 몸을 부들부들 떨고 있었다.

여태껏 거침없이 괴물들을 사냥하며 영토를 넓혔다지만, 아무리 숫자가 많다지만 불타르 앞에선 고양이와 쥐의 관계가 될 수밖에 없었다.

고작 열 남짓의 불타르가 잔뜩 인상을 찌푸린 채로 도깨비들을 바라봤다.

이미 주변엔 초죽음이 된 도깨비의 시체가 굴러다녔다.

마치 죄인처럼 본보기로 죽여 놓은 형상.

무영은 그 장면을 바라보며 내심 혀를 찼다.

'전멸을 시키는 게 목적은 아닌 모양이군.'

그랬다면 인정사정없이 수천의 도깨비를 몰살시켰을 것이다.

불타르는 잔인한 학살자라는 걸 무영은 잘 알고 있었다.

그리고 역시나 처음 보는 불타르들이었다.

무영과 그나마 친분이 있었던 오가르와는 전혀 다른 부족이었다.

"네가 이 도깨비들의 왕이냐?"

쿵!

그중 우두머리로 보이는 불타르가 무영의 앞에 섰다.

위협적인 발걸음으로 겁을 줬지만 무영은 끄떡도 하지 않았다.

'하나.'

냉철하게 계산했다.

그 결과 하나쯤은 데려갈 수 있다는 결과를 냈다.

수천의 도깨비가 무영과 결집하고 후속 부대가 도착하면 다소 희생이 있겠으나 불타르 열 마리를 잡는 게 불가능하진 않았다.

즉, 꿀릴 것 없다는 이야기다.

불타르들도 머리가 있다면 전면전까지 벌이려고 하지는 않을 것이었다.

무엇보다 도깨비들을 본보기로만 죽여 놓은 걸 보면 원하는 게 따로 있을 터였다.

"그렇다."

무영이 고개를 주억이자 불타르가 말했다.

"네 도깨비들이 우리의 영역을 침범하였다. 본래는 전부 죽이는 게 원칙이지만 그러지 않았지. 왜 그런 줄 아는가?"

"거래를 하자는 거냐?"

"말이 통하는 도깨비로군. 맞다. 우리는 너희가 이 땅을 갈고 성을 만든 걸 알고 있다. 마찬가지로 우리 불타르를 위해서 성을 지어라. 그러면 이번 일은 눈감아주겠다."

무영은 내심 코웃음을 쳤다.

굳이 침략하지 않고 새로 지어달라고 한 건 불타르가 차지하기엔 성벽이며 구조 따위가 너무 낮았던 탓이다.

하지만 말도 안 되는 이야기였다.

수만의 도깨비와 모든 인력이 합쳐진대도 불타르가 만족할 만한 성을 지으려면 몇 년이 걸릴지 모른다.

그걸 하라는 건 노예가 되라는 말과 다를 바가 없었다.

'이래서 드워프들이 음지로 숨은 것이다.'

드워프는 태생적으로 건축의 장인이다.

하지만 무력은 형편없기에 온갖 괴물에게 이용당하고 죽는다.

이용당하지 않으려거든 숨어살 수밖에 없었다.

마찬가지로 무영이 만든 성을 탐내며 잡파리가 달라붙은 격이었다.

불타르들은 사냥을 좋아하지 무언가 생산적으로 만드는 일을 싫어했다.

스르릉!

무영은 비탄과 흉신의 검을 꺼냈다.

"결투를 신청한다. 네가 이기면 성을 만들어줄 것이나, 내가 이기면 꺼져라."

가장 이상적이고 합리적인 방안이었다.

불타르들이 웅성거렸다.

한 치도 물러서지 않으며 이렇게 맞받아치는 건 계획에 없었을 거다.

도깨비라면 모두가 불타르에게 공포를 갖고 있으므로.

하지만 무영은 예외였다.

"……좋다. 당돌한 놈, 후회하게 해주마."

열 마리 불타르 중 우두머리로 보이는 녀석이 등에 멘 거대한 창을 쥐었다.

무영은 어깨를 으쓱하며 불타르와 마주했다.

'차라리 잘됐군.'

이런 문제가 언젠가는 생길 줄 알았다.

고작 2만의 도깨비로 마신의 영역을 마음껏 유린하는 건 불가능하다.

이번이 아니라도 언젠가는 진정한 포식자들과 마주했을 터.

그게 조금 당겨졌다고 생각하면 편하다.

'예전이라면 불가능했을 테지만.'

무영은 마음을 편히 가라앉혔다.

마신의 영역에 막 도착했을 때와 지금의 무영은 비교할 수 없을 정도로 힘의 차이가 있었다.

이제 전력을 발휘하면 불타르 하나쯤은 어찌해 볼 수 있을 정도였다.

화르르륵!

불타르가 전신의 불꽃을 더욱 강렬하게 태웠다.

화르르르륵!

무영 역시 피식 웃으며 화염의 포효를 발동했다.

불타르보다 더욱 큰 불길!

불타르들의 표정이 썩었다.

너희만 불을 다루는 게 아님을 보여주며 제대로 신경을 건드린 셈이다.

여기에…….

'영역 선포.'

하늘이 살짝 어두워지고 저 멀리서 붉은 별이 빛나기 시작했다.

아침과 밤의 구분은 필요 없었다.

붉은 별은 아침이든 저녁이든 강렬하게 타오르고 있었으니.

"이상한 술수를 사용하는구나. 그래도 나를 이길 순 없다!"

쾅!

창이 바닥을 헤집었다.

무영은 그 창대를 타고 움직이기 시작했다.

이길 수 없다?

새삼스러운 일이지만 그런 말을 했던 놈들은 모두 무영에게 죽었다.

쿠웅!

불타르의 상체가 바닥에 쓰러졌다.

30여 분의 사투 끝에 결판이 난 것이다.

모두의 눈이 휘둥그레졌다.

불타르와 도깨비의 구분 없이.

그도 그럴 게 1:1로 불타르를 이길 도깨비는 없었다.

두억시니를 포함해도 마찬가지다.

"아아, 움이시여!"

"움이시여!"

불가의 영역을 개척한 자에 대해 도깨비들은 전율했고 무릎을 꿇으며 더욱 우상시하였다.

그러거나 말거나 무영은 쓰러진 불타르의 목에 비탄을 대곤 느긋하게 말했다.

"승패가 갈렸다. 계속할 거라면 이대로 목을 잘라주마."

"죽여라! 이 굴욕은 참을 수 없……."

푹!

스아악!

한 치의 자비도 없었다.

무영은 냉정한 손짓으로 불타르의 목을 찌르고 비틀었다.

그대로 머리를 잘라내어 남은 아홉의 불타르를 바라봤다.

"어쩔 거지? 약속을 어길 건가?"

불타르들이 서로를 쳐다보며 의견을 나눴다.

이내 그중 하나가 고개를 끄덕이더니 잘려 나간 불타르의 머리와 몸통을 회수했다.

"약속대로 오늘은 넘어가 주겠다."

"약속대로? 나는 분명히 꺼지라고 했을 것이다."

불타르들은 답하지 않았다.

대신 천천히 물러나며 무영과의 거리를 벌렸다.

그러자 서한이 다가왔다.

"이젠 불타르가 공포의 대상이 아니라는 걸 여기 있는 도깨비들 모두가 봤습니다. 놈들을 추격하게 허락해 주십시오."

"됐다."

하나, 무영은 고개를 저었다.

아홉이라도 이곳 수천의 도깨비와 맞먹는 수준이다.

〈지옥마가 불타르 아홉을 사냥해 주겠다며 제안합니다.〉
〈받아들이시겠습니까?〉

히이이잉-!

멀리서 말 우는 소리가 들렸다.

지옥마다.

지옥마라면 불타르 아홉쯤은 손쉽게 요리할 수 있을 것이다.

하지만 그런 기회는 고작 두 번 남았을 뿐이었다.

보다 신중히 사용해야 했고 설혹 저 아홉을 죽인다고 해도 끝나지 않을 터였다.

차라리 시간을 두고 준비를 하는 게 낫다.

'언제고 다시 쳐들어온다.'

불타르들에게 그냥 물러날 기미는 없었다.

이전 오가르를 생각했던 게 큰 착각이다.

그들이 명예를 아는 전사라고 생각했던 것이 잘못이었다.

유독 오가르와 그의 부족이 친절했을 뿐이었다.

"서한, 너와 발탄이 해줄 일이 있다."

물론 이대로 물러날 생각은 전혀 없었다.

무영의 눈빛이 깊게 가라앉았다.

예상대로였다.

정확히 4일이 지나자 불타르들이 영역을 침범하고 들어온 것이다.

그들의 숫자가 정확히 50을 헤아렸다.

"도깨비들아! 마지막 기회를 주겠다. 살고 싶으면 네놈들의 왕을 넘겨라!"

50의 불타르가 모두 무기를 들고 있었다.

이대로 영지를 쑥대밭으로 만들어버릴 힘이 그들에겐 있었다.

"옹졸한 놈들⋯⋯."

"얼굴빛 하나 안 바꾸고 태연하게 거짓말을 하는구나, 허어."

그들과 대치한 도깨비들이 웅성거렸다.

움은 예언의 도깨비다.

설령 전멸하는 한이 있더라도 그들이 무영을 불타르에게 넘길 일은 없었다.

하지만 결과가 뻔히 보이는 것도 사실이었다.

도깨비 2만이 모였대도 50마리의 불타르는 이길 수 없다.

그만큼 불타르는 상위의 포식자였다.

무영은 비탄과 흉신의 검을 꺼내 들고, 그런 도깨비들의 사이를 지나갔다.

"움이시여 굳이 나서실 필요는 없습니다."

"맞습니다. 이곳은 저희에게 맡겨주십⋯⋯."

무영은 차갑게 말했다.

"비켜라."

무영의 한마디에 모든 도깨비가 입을 다물었다.

그러나 필요한 일이었다. 여기선 무영이 나설 수밖에 없었다.

"알아서 나왔구나. 이제 마음이 좀 바뀌었느냐?"

아마도 족장이리라.

다른 불타르보다 더욱 거대한 불타르가 무영에게 말했다.

"마지막 기회를 주마. 꺼져라."

무영은 태연하게 받아쳤다.

족장 불타르의 목에 핏대가 섰다.

"너희에게 승기는 없다. 이대로는 무차별하게 학살당할 뿐이지. 너희의 손기술을 좋게 봐 줘서 지금까지 살려둔 것이다."

"승기가 없다? 그건 내가 할 말이다."

무영의 표정은 전혀 흔들리지 않았다.

이어서 무영은 저 먼 곳을 바라보며 한쪽 입가를 들어올렸다.

"너는 크게 착각하고 있다. 우리 도깨비가 전부일 줄 아는가?"

"그게 무슨 소리냐?"

족장 불타르가 의아해하며 말했지만, 무영은 답하지 않았다.

그러나 시선은 여전히 먼 곳을 향하고 있었다.

언데드 발탄의 자취가 멀지 않은 장소에서 느껴지고 있던 것이다.

쿵! 쿵! 쿵!

곧, 족장 불타르도 무영이 말한 의미를 깨닫게 되었다.

저 멀리서 발탄과 서한, 그리고 거대한 불타르 하나가 달려오고 있었다.

무영은 저 멀리서 다가오는 불타르의 존재를 익히 알고 있었다.

오가르!

어쩌면 무영의 진짜 정체를 아는 유일한 대전사가 모습을 드러낸 것이다.

무영은 작게 웃고 말았다.

발탄과 서한을 시켜 그에게 도움을 청했으나 솔직히 그가 도와줄 확률은 반반이었다.

그는 분명히 다른 불타르에 비하여 명예를 알고 정이 깊은 존재였으나 이미 한 번 도움을 줬기에 다시금 찾아오리란 확신을 할 수 없었던 것이다.

하지만 오가르는 모든 일을 제치고 달려왔다.

아무래도 품의 나무가 가진 문제를 해결해 준 게 지금껏 유효했던 모양이다.

불현듯 나타난 오가르에 의해 족장 불타르는 표정을 굳힐 수밖에 없었다.

"싸움을 멈춰라, 그람이여."

전장에 도착한 이후 오가르는 창대를 뽑곤 말했다.

그리고 그람이라 불린 불타르의 족장이 그런 오가르를 바라보곤 고개를 내저었다.

"가시나무 부족의 소족장 오가르로군. 한데 무슨 일로 여기까지 온 거지? 너희 부족은 이곳에서 자리를 옮긴 지 꽤 되었을 텐데."

그람이 눈살을 찌푸렸다. 대관절 오가르가 찾아온 이유를 모르겠다는 듯이.

하지만 어쩔 수 없는 일이었다. 불의 전사라 일컬어지는 불타르가 고작 도깨비 따위를 도우러 왔다고는 생각하기 쉽지 않았다.

하물며 오가르는 한 부족의 소족장. 그것도 이 주변에서 가장 강력한 부족의 소족장이었다.

오가르는 거침없이 말했다.

"지금 네 앞에 있는 작은 도깨비는 우리의 은인이다."

"우리의 은인?"

그람의 인상이 더욱 구겨졌다.

'나'가 아닌 '우리'라 한다.

가시나무 부족 전체가 도깨비 하나를 은인으로 여긴다는 뜻이다.

더욱 이해하기 어려웠다.

그람은 무영이 품의 나무가 가진 고질적인 문제를 해결해 줬다는 걸 전혀 모르고 있었다.

하지만 오가르는 하나하나 설명하며 그를 이해시킬 생각

이 없었다.

"만약 우리의 은인을 핍박하겠다면 내 창을 상대해야 할 것이다."

오가르가 거대한 창을 휘둘렀다. 전신의 불이 창대로 옮아가며 웅혼한 기세를 전방에 뿌렸다.

이곳에 있는 어떠한 불타르보다 강렬한 불꽃이었다.

그람도 섣불리 움직일 수 없었다.

가시나무 부족은 품의 나무를 독점한 거대한 집단이다.

이 주변에 있는 불타르의 집단 중에서도 단연 독보적일 수밖에 없었다.

그리고 그중 소족장과 족장은 능히 최상위의 괴물과도 견줄 수 있었다.

불타르의 한계를 벗어난 불타르.

상위와 최상위의 격차는 크다.

그리고 최상위 사이에서의 격차는 더욱 크다.

최상위의 종은 크게 5단계로 분류되는데 오가르는 그중 2단계에 충분히 속할 수 있는 강자였다.

'불타르의 영역을 잘 침범하지 않는 원인이지.'

불타르는 포괄적으로 '상위급 괴물'이라 되어 있지만 드문드문 최상위급의 강자가 나타나기에 잘 건드리지 않는 것이다.

또한 최상위급 중에서도 5단계를 넘어서면 '초월종'이라 불리지만 마왕이나 마신이 아닌 일반 괴물 중에서 그에 속하는 경우는 잘 없었다.

이름 있는 마룡, 전설적인 괴물 정도나 초월종에 포함될까.

인간들을 따져 봐도 마찬가지다.

인류 10강은 초월자라 불리지만 엄밀히 말하자면 최상급 5단계와 초월종의 중간에 있는 수준이었다.

어디까지나 인간이 만든 계급이었으므로 사람을 괴물보다 더욱 높게 취급한 것도 이해는 되었다.

하여간, 오가르는 최상위에 포함되는 강자고 싸우면 적지 않은 피해를 보게 될 터.

"오가르, 아무리 네가 강하다지만 너 혼자 우리 모두를 상대할 수 있다고 보느냐?"

하지만 그람도 물러서진 않았다.

오가르 혼자서 50의 불타르를 모두 상대하는 것 역시 불가능하다.

도깨비와 힘을 합친다고 하더라도 마찬가지다.

도리어 화가 날 지경이다.

그람의 이마와 목에 핏줄이 돋았다.

얼마나 자신을 무시했으면 고작 오가르 하나만 보낸단 말인가!

그때였다.

무영이 차갑게 냉소 지으며 말했다.

"언제까지 구경만 할 셈이냐."

"……상황이 재밌어졌군."

쿵!

하늘 위에서 악령 포식자가 켈베로스를 탄 채 모습을 드러냈다.

본래 켈베로스에겐 비상하는 능력이 없지만 악령 포식자의 탈것에 대한 권능이 더해지자 없던 능력이 생성된 것이다.

켈베로스의 양쪽에 악령으로 이루어진 날개가 솟아 있었다.

도깨비들이 웅성대기 시작했다.

"저, 저건, 켈베로스?"

"저만한 괴물이 난데없이 왜?"

투기장의 노예들을 제외하면 악령 포식자를 본 도깨비가 없었기에 벌어진 상황이었다.

켈베로스가 다가오자 웅성거림은 더욱 커졌다.

하지만 켈베로스는 정확히 무영의 옆에 서선 아무런 행동도 취하지 않았다.

대신 그 위에 탄 악령 포식자가 말했다.

"무영, 이제는 모습을 보여도 괜찮은 거겠지?"

"괜찮으니까 불렀겠지, 바보야."

"입을 꿰매기 전에 닥쳐라, 요정."

"어머머! 낭군님, 들으셨어요? 되다 만 해골 뼈다귀가 우히 입을 꿰맨대요. 아이 무서워라~"

악령 포식자와 티격태격하던 우히가 재빨리 무영에게 다가와 주변을 날아다녔다.

이윽고 무영의 뒤에 숨어선 혀를 내밀고 악령 포식자를 도발했다.

악령 포식자가 혀를 차곤 고개를 돌렸다.

"요정?"

"켈베로스와 요정이 움님을 따른다!"

"움이시여!"

그러는 사이 소란은 커졌고 순식간에 기세가 올라갔다.

요정은 오로지 영웅만을 따르기로 유명하다.

하물며 최상위의 괴물도 함께하고 있으니 이보다 더 든든할 수는 없었다.

'노예들이 적응하게 하려거든 악령 포식자를 숨겨야 했다.'

무영이 켈베로스와 악령 포식자를 숨겨둔 이유는 간단했다.

이천이 넘는 노예가 영지에서 적응하게 만들기 위함이다.

도깨비와 사람들도 그들을 받아들이려면 시간이 걸릴 것인데 여기에 이만한 괴물이 더해지면 혼란은 가중될 수밖에 없었다.

하여 적당히 시간이 지나거든 자연스럽게 받아들일 수 있도록 예정을 짰지만 불타르의 침범으로 인해 그 시간이 앞

당겨졌다.

하나, 나쁘지 않다.

무영은 그람을 향해 말했다.

"과연 지금도 승리를 장담할 수 있는지 궁금하군."

"……."

그람은 할 말을 잃은 채 눈을 돌려 악령 포식자를 바라봤다.

켈베로스보다 저 악령 포식자가 더 문제임을 단번에 알아본 것이다.

악령 포식자는 오가르에 견줄 강자였다.

전면전을 벌여서 이길 확률이 절반 이하로 떨어진 셈이다.

무영도 그것을 잘 알고 있었다.

"너는…… 우리 부족의 전사를 죽였다."

그람이 힘겹게 입을 열었다.

그러자 무영은 하! 하고 비웃음을 흘렸다.

"그와 나는 정당한 대결을 했다. 그러나 너희는 약속을 지키지 않았다. 분명히 내 영역에서 꺼지라 했을 것이다. 그람, 네가 한 건 침략 그 이상도 이하도 아니다."

명분조차 없다.

그야말로 막무가내.

그러나 그람은 계속해서 잡아뗐다.

"내가 들은 이야기랑은 다르군. 네가 먼저 우리 전사를 공격하지 않았더냐?"

동시에 도깨비들이 반발하고 나섰다.

"염치도 없는 놈!"

"무슨 헛소리냐! 움님을 모욕하지 마라!"

"수천의 도깨비가 보고 하늘이 보았다!"

표정 하나 안 바꾸고 거짓말을 하는 것이다.

그람은 더욱 태연하게 말했다.

"도깨비의 지배자여. 의견의 차이가 좁혀지지 않을 때 의사를 결정하는 아주 쉬운 방법이 있다. 들어볼 테냐?"

"1:1 대결 말이냐?"

"그렇다. 같은 지배자의 입장에서 동등하게 자신의 가치를 걸고 싸운다. 이보다 간단한 방법은 없다."

피식!

"내가 왜 그래야 하지?"

무영은 즉답했다.

아무래도 그람은 무영이 1:1의 대결을 받아줄 줄 알았던 모양이다.

하지만 무영은 어깨를 으쓱해 보였다.

굳이 확실한 수를 놔두고 돌아갈 필요가 있겠는가.

스르르릉!

비탄과 흉신의 검이 격하게 울기 시작했다.

악령들이 튀어나오며 기이한 울음소리를 흘렸다.

"이곳은 내 땅이다. 싸움의 방식은 내가 정한다."

무영의 의지는 확고했다.

게다가 오가르가 도와주는 지금이 절호의 기회다.

인근 영토를 주름잡던 불타르를 제거하고 그곳을 확보할 기회!

다소 피해는 있겠으나 가만히 넘어갈 수도 없었다.

그람의 표정에 다급함이 서리자 무영은 검을 앞으로 내뻗으며 조용히 말했다.

"허락받지 않고 들어온 침입자를 전부 쓸어버리도록."

명분 없는 침략자의 말로는 뻔하다.

적어도 이번 싸움에 있어서 대의는 무영에게 있었다.

침략자와 싸워서 땅을 지키는 건 왕이 해야 할 의무였으므로.

오가르가 나타난 시점에서 승기는 이미 무영 쪽으로 기울어 있었다.

그람을 비롯한 50의 불타르 전부가 몰살당했고 무영은 그 사체를 사용할 방법을 강구했다.

물론 오가르가 있는 장소에선 자제해야 할 일이다.

하지만 시체에 대한 권한은 온전히 무영에게 있었다.

무영은 시체들을 따로 옮긴 뒤 죽음의 예술 스킬을 사용하였다.

〈50의 불타르가 언데드로 화(化)합니다!〉
〈측정된 스킬 랭크는 'B'입니다. 상위종 이상의 괴물을 언데드화할 시 75%의 효율을 보일 수 있습니다.〉
〈상태가 좋지 않습니다. 그러나 잠재된 불의 마력이 상당합니다.〉
〈예술 점수 78점!〉
〈'파이어 구울'이 완성되었습니다!〉
〈'죽음의 예술' 스킬이 B랭크에 도달하며 '죽음의 재조합' 능력이 활성화되었습니다. 언데드의 조합이 가능해집니다.〉

언데드의 조합?
무영은 데스 로드의 꿈을 꿨을 때를 떠올렸다.
그때 당시 데스 로드는 시체를 섞어서 기괴한 형상의 언데드를 만들어내곤 하였다.
따로 스킬이 추가되진 않았으나 죽음의 예술 하위 능력으로 떠오른 모양이었다.
'왕자와 복수자들을 조합해야겠군.'
무영은 즉시 다른 구울들을 기억해 냈다.
강화가 가능하다면 가장 먼저 해결해야 할 게 복수자들이다.

모두 살수림의 동료들이지만 무영이 만든 언데드 중에선 가장 뒤처져 있던 게 사실이었으니.

'죽음의 재조합.'

망설이지 않는 게 무영의 최대 장점이다.

생각을 즉시 행동으로 옮겼다.

곧 어벤져와 파이어 구울의 머리 위로 혼이 떠올랐다.

〈'쉐도우 구울'과 '파이어 구울'을 조합합니다.〉

〈주가 될 쪽을 선택해 주세요.〉

아무래도 '주'가 된 언데드를 기점으로 조합이 되는 듯싶었다.

무영은 주저 없이 어벤져를 골랐다.

단순 무력은 파이어 구울이 높지만 활용도를 생각하면 어벤져가 최고였기 때문이다.

콰르릭!

이어, 어벤져와 파이어 구울의 육체가 한데 뭉쳐졌다.

뼈와 살 모두가 새롭게 만들어지기 시작했다.

그리고 완성된 모습은 무영으로서도 놀라운 것이었다.

〈'쉐도우 구울'과 '파이어 구울'의 상성이 상당히 좋습니다.〉

〈예술 점수가 83점으로 상승합니다.〉

〈'화염의 복수자'가 완성되었습니다.〉

이름 : 화염의 복수자

레벨: 131

성향: 플레임 뮤턴트

힘 145

민첩 137

체력 95

지능 79

지혜 80

암흑기류 148

화염력 150

마법 저항 130

감염력 90

+매우 높은 어둠 저항.

+어둠 속에서 빠른 이동 속도.

+어둠의 속박, 그림자 은신, 치명타, 불의 폭주, 불의 산 스킬 사용 가능.

+암흑 기류가 높을수록 '어둠'과 가까워짐.

+불에 대한 높은 저항력.

+어둠과 불을 흡수해 강해질 수 있음.

+뮤턴트에게 죽으면 감염력에 따라 '쉐도우'로 부활(지속 시간 3일).

화염의 복수자!

그림자처럼 새까만 인형의 위에 불꽃이 은은하게 덮인 형상이었다.

덩치는 줄어들었지만 활용도를 생각하면 훨씬 낫다.

애당초 상위 종을 언데드화했고, 상태가 좋지 않았던 탓에 이 정도가 한계였지만 나쁘지 않았다.

성장 가능성, 그리고 어둠과 불이라는 상반된 두 가지 면모 모두를 갖게 된 것이다.

'괜찮군.'

무영은 고개를 주억였다.

이 정도면 기대 이상의 결과물을 얻었다고 할 수 있었다.

언데드의 전체적인 전력이 30%가량은 상승한 셈.

무영은 즉시 언데드를 법보화시켰다.

다행히 뮤턴트도 좀비의 진화형인지라 왕자와 복수자들의 효과는 그대로 받을 수 있었다.

게다가 모습이 달라졌다지만 오가르의 눈에 띄어서 좋을 건 없었다.

'영지를 수습한 뒤 세 자루 곡괭이 연맹을 찾는다.'

무영은 주먹을 강하게 쥐었다.

전쟁의 여파를 회복하고 바로 움직일 계획을 세웠다.

언제까지고 재료들을 썩혀둘 순 없는 노릇이다.

불사조의 심장과 용의 뼈, 대지룡의 허물 조각, 요정의 날개 가루, 밤의 수정까지!

이것들을 사용해 만들어낼 무구가 벌써부터 기대되었다.

영지를 만들고 처음 겪은 대전투.

아무런 피해가 없다면 거짓이다.

도깨비가 사천가량 죽고 그 배에 달하는 인원이 중상을 입었다.

더 넓은 땅을 얻기는 했으나 그곳을 채울 숫자가 부족했다.

이와 같은 일이 또 없으리란 장담은 할 수 없는 상황.

수비할 병력을 상시 대기시켜 놔야 한다.

최대한 효율적으로 막아도 지금의 숫자로는 한계가 있다.

무영이 이러한 고민을 이어 나갈 찰나 오가르가 찾아왔다.

"하하! 그동안 잘 지냈더냐?"

"응해줘서 고맙군."

"이 정도는 별거 아니다. 너는 실로 우리의 은인이 맞으니. 그나저나……."

오가르가 실눈을 뜬 채로 무영을 살피다가 고개를 갸웃했다.

"정한 듯, 정하지 않은 듯 애매하구나."

"뭐가 말이냐?"

"네 진짜 모습이 말이다."

아아.

무영은 고개를 끄덕였다.

오가르와 헤어질 때 그는 '다음에 만날 땐 진짜 모습을 찾은 뒤에 만나자'고 말한 바가 있었다.

아마도 그는 무영이 인간임을 눈치챈 것이리라.

외견은 도깨비였기에 의문을 던진 것이고.

인간이냐, 도깨비냐를 선택하라는 뜻이었는데 무영은 개의치 않았다.

하늘에 뜬 절대자의 별. 저것이 바로 무영의 순수성이었다.

"내 모습이 중요한가?"

무영은 단호하게 말했다.

한 치의 흔들림이 없는 모습을 보고 오가르가 눈을 빛냈다.

둘 중 하나를 선택할 줄 알았건만 무영은 제3의 답을 내었다. 그것은 오가르로서도 전혀 예상하지 못한 일이었다.

"그래, 모습이 중요하진 않지. 하하! 벌써 그 경지의 깨달음을 얻었단 말이냐? 정말 무서울 정도의 성장 속도로구나."

오가르가 껄껄 웃었다.

그는 이미 무영을 '친우'로 대하고 있었다.

은인을 벗어나 고독한 전사의 길을 걷는 무영에게 친근감을 느꼈기 때문이다.

불과 몇 개월이 지나지 않았건만 자신의 길을 개척하다니.

오가르가 직접 각성을 유도하긴 했지만 그래 봤자 약간의 가능성을 열어준 데에 지나지 않았다.

'일을 조용히 처리해서 다행이군.'

무영은 불타르들의 시체를 몰래 유기하고 언데드를 만들었다.

이후 빠르게 법보화시켜서 모습을 감춰놓았다.

만약 그 모습을 오가르가 보았다면 지금의 친근한 모습을 기대하긴 어려웠을 것이다.

"오가르, 내 영지를 지켜줄 수 있나?"

한 술 더 떠서 무영은 한 가지 부탁을 입에 담았다.

지금 영지의 상황은 최악이었다.

한창 일을 해야 할 도깨비들 중 절반가량이 이번 전투로 인해 움직일 수 없었기에 그 공백이 여실히 드러난 것이다.

영지는 이제 막 기둥을 쌓는 초창기에 지나지 않았다.

하지만 무영이 언제까지고 묶여 있을 수도 없는 노릇이었다.

최소한의 방비를 해놓고 가야 한다는 말인데 발탄과 소수의 언데드만으로는 부족하다.

하여 오가르의 도움이 필요하다는 결론을 내렸다.

"영지를? 어딜 갈 셈이냐?"

"그렇다. 하나 공백이 길진 않을 것이다."

어디까지나 만약을 위한 보험에 지나지 않았다.

하지만 불타르들이 사라졌으니 수많은 괴물이 그곳을 노리고 달려들지 모르는 일이었다.

오가르는 턱을 쓸며 말했다.

"이곳은 제법 흥미가 있는 장소다. 이제 시작이지만 여러 종의 괴물이 한데 모여 살아가는 모습을 나는 본 적 없다."

"오가르, 네가 아니었다면 모두 부정부터 했을 테지."

무영은 확신했다.

그만큼 여러 종족이 한데 어울린다는 걸 부정적으로 보는 이가 대다수였다.

그나마 편견이 없는 무영이기에 이런 일도 가능한 것이었다. 무영이라는 이름으로 뭉치지 못했다면 불가능할 일이기도 했다.

씨익!

오가르가 이빨을 드러냈다.

"무영, 나는 너의 방식이 마음에 든다. 너는 지금껏 내가 보지 못하고 하지 못한 발상들을 해내고 있으니까. 네가 무엇을 하고, 무슨 결과를 낼지 무척 관심이 생겼다."

다시금 생각하는 거지만 오가르는 정말로 이상한 불타르였다.

어느 괴물도 쉽게 건드리지 못하는 종족. 때문에 누구보다 안정을 택하는 종족이 불타르 아니었던가.

하지만 오가르는 새로운 것을 탐구하는 데 온 정신이 쏠려 있었다.

그리고 그 대상으로 무영이 낙점된 것이다.

쿵!

오가르가 창을 바닥에 한 차례 내리꽂으며 이어서 말했다.

"그러니 180번째 밤이 오는 날까지 이곳은 내가 지켜주마. 하지만 그 뒤는 장담할 수 없다. '악마의 긴 밤'이 시작되면 나도 우리 부족으로 돌아가야 한다."

악마의 긴 밤.

마신의 영역에서 악마들이 활동하는 시기를 뜻하는 말이다.

몇 달간 끝나지 않는 밤이 지속되며 악마들이 활개를 치고 다닌다.

주로 본능을 이기지 못한 약한 악마가 대부분이지만 마신의 영역에서 살아가는 입장에선 여간 골치 아픈 일이 아니었고, 그 방비를 위해 부족으로 돌아간다는 의미였다.

무영은 고개를 주억거렸다.

"그 정도면 충분하다."

오히려 넘친다.

아슬아슬한 시기까지 영지를 지켜주겠다는 말이었으므로.

그 기간 안에 돌아와야 하는 것은 물론이고 영지를 강화시킬 방안을 강구해야 한다.

'세 자루 곡괭이 연맹이 답이 되어줄 것이다.'

하지만 이 역시 드워프들의 원조가 있으면 가능하다고 보았다.

드워프의 기술력은 모두가 인정하고 있었다.

하물며 세 자루 곡괭이 연맹은 드워프의 연합 중에서도 수위를 달리는 곳이다.

그곳의 로드인 '신의 망치 바타스'는 혜안과 현자의 지식을 보유한 드워프였다.

그에게서 도움을 얻을 수만 있다면 영지의 안전은 따 놓은 당상과 같았다.

"무영, 그런데 아무래도 내가 머물 집이 없을 것 같구나. 하하!"

활활 불타는 불꽃을 품었으며 허리에 품의 나무줄기를 감은 오가르가 자신의 허리를 떵떵 치며 우스갯소리를 내뱉었다.

확실히 그의 덩치를 받아줄 집이 없었다.

"제일 먼저 오가르 너의 집을 짓도록 말해보마."

무영이 정색하며 입을 열자 오가르가 헛기침을 했다.

"어험. 농이다. 너무 진지하게 받아들이지 마라. 나는 하늘을 이불 삼아 자면 그만이야."

농담이라.

무영은 한쪽 입꼬리를 말아 올렸다.

오가르는 이제 농담을 던질 정도로 무영을 친근하게 여기고 있었다.

그것을 무영도 느끼고 있었지만 솔직히 와닿지는 않았다.

친우.

벗이란 개념 자체가 워낙에 희미했던 탓이다.

40년이란 세월 동안 무영에겐 벗이 없었다.

가까이 다가온 모두가 죽었다. 죽였다.

푸른 사원에서 만난 배수지와 김태환 등을 잠시 보살피긴 했을지언정 그들을 친우라 부르긴 부족한 게 사실이었다.

하지만 오가르는 동등한 입장에서 서로를 바라볼 수 있는 최초의 한 명이었다.

"잘 지켜다오."

무영이 말하자 오가르가 대뜸 인상을 찌푸렸다.

"다 좋은데 다른 불타르보다 더 재미없는 녀석이구나, 너는."

오가르의 약속을 받아낸 덕분에 무영의 움직임이 한결 자유로워졌다.

즉시 여장을 꾸렸다.

시간이 촉박했다.

"칼무흐, 세 자루 곡괭이 연맹의 위치를 알고 있나?"

혹시 몰라 확인 겸 칼무흐에게 물었다.

늙은 드워프, 칼무흐가 미안해하며 고개를 저었다.

"세 자루 곡괭이 연맹은 용들의 눈을 피해 매번 위치를 바꿉니다."

드워프는 보물을 잘 찾고 잘 만든다.

당연히 휘황찬란한 걸 좋아하는 용들의 표적이 될 수밖에 없었다.

어느 종이건 '용'이라 함은 최상위급 2단계 이상의 초강자다.

그리고 마왕과 마신을 제외하면 초월종으로 거듭나는 숫자가 가장 많은 종족이 바로 용이었다.

마계에서 용을 건드릴 간 큰 이는 거의 없었고 그런 용이 관심을 주었다면 보통은 안 좋은 쪽일 가능성이 높았다.

세 자루 곡괭이 연맹도 생존을 위해선 주기적으로 거점을 바꿀 수밖에 없었다.

"매번 사용하는 크고 작은 거점들이 있을 것이다."

무영이 확언하자 칼무흐가 침음을 흘렸다.

"다섯 개가 있습니다만 오래전 일입니다. 제 기억이 맞다고 확신할 수도 없습니다."

"상관없다. 여기서 가장 가까운 거점이 어디지?"

칼무흐는 오랜 시간 지하 투기장에 갇혀 있었다.

그간 거점이 바뀌거나 늘어도 이상하지 않았다.

하지만 그런 거점은 으레 표식을 남겨두게 마련이었다.

특정한 누군가만 알아볼 수 있고 옮긴 위치를 알 수 있도록 말이다.

무영은 그런 신호를 읽는 데도 재주가 있었다. 살수의 기본소양이기도 했다.

"'아난의 골'이라 불리는 절벽입니다."

무영은 작게 혀를 찼다.

처음 들어보는 이름이었다.

하지만 지체하고 있을 틈이 없었다.

거점을 찾아내려면 1초라도 빠르게 움직일 필요가 있었다.

그나마 다행인 점이라면 켈베로스의 존재였다.

비행이 가능하기에 보다 빠른 속도로 이동할 수 있는 것이다.

"저, 저도 타야 합니까?"

칼무흐가 침을 꿀꺽 삼키며 긴장했다.

켈베로스의 등에 타는 게 꼭 용의 입안으로 들어가는 것처럼 공포를 유발해서다.

"출발하지."

하지만 무영은 매몰차기 그지없었다.

타지 않으면 버리고 간다. 그 뜻을 읽은 칼무흐가 급히 외쳤다.

"기, 기다려 주십시오!"

엉거주춤한 자세로 털을 부여잡으며 켈베로스의 등 위에

올랐다.

툭.

마지막 탑승자를 확인한 악령 포식자가 다리로 켈베로스의 옆을 때렸다.

그러자 켈베로스의 양옆에서 악령의 날개가 펼쳐지며 비상하기 시작했다.

아난의 골.

칼무흐는 그곳을 절벽이라고 말했지만 절벽은 어디에도 없었다.

모든 게 처참하게 파괴되어 그 잔해만 굴러다닐 뿐이었다.

산 자체에 휑한 구멍이 뚫려 있었다.

마치 무언가 거대한 힘이 뚫고 지나간 것처럼.

거점의 흔적은 아무것도 남지가 않았다.

"아, 아무래도 용의 소행인 것 같습니다."

"내가 봐도 그렇게 보이는군."

무영은 가만히 팔짱을 낀 채 절반이 사라진 산을 바라봤다.

용이 휩쓸고 지나간 흔적은 이와 같이 참담하기 그지없는 법이었다.

"드워프의 거점을 찾지 못해서 쓸어버린 건가?"

"그럴 겁니다. 바타스 님은 용도 쉽게 알아챌 수 없는 벽을 만들 줄 아는 분이십니다. 어디에 있는지 확인이 안 되니 아예 날려 버린 것이겠지요."

"한데 시기가 얼마 안 된 것 같군."

이 대목에서 무영도 약간은 의아할 수밖에 없었다.

주변의 초목을 살핀 결과 산이 파괴된 시기가 얼마 안 된 듯싶었다.

기껏해야 한 달 안팎.

'발견당하고 도망간 건지 화풀이로 파괴한 건지…….'

조금 더 살펴봐야 할 것 같았다.

"조용해라."

그때였다.

악령 포식자가 낮은 목소리로 말했다.

크와아아아앙!

동시에 거대한 함성이 산맥 전체를 뒤흔들었다.

칼무흐가 몸을 덜덜 떨었다.

무영도 이맛살을 구겼다.

본능적으로 두려움을 자극하는 함성.

바로 드래곤 피어였다.

곧 하늘 너머로 거대한 존재가 모습을 드러냈다.

전신이 새까맣고 어느 누구보다 커다란 날개를 지니고 있었다.

암흑룡!

마룡과는 약간 다르다.

암흑룡은 마룡과 비슷하지만 더욱 참을성이 없기로 유명한 용이었다.

걸린다면 뼈도 못 추린다.

켈베로스와 악령 포식자가 있더라도 마찬가지다.

최상위급은 위로 올라갈수록 격차가 현저하게 커진다.

현재로서 암흑룡을 이길 방법이 무영에겐 없었다.

다행히 암흑룡은 멈추지 않고 하늘을 배회했다. 급히 어딘가로 향하고 있었다.

"……헉! 헉!"

시야에서 완전히 사라진 뒤에야 칼무흐가 숨을 뱉었다.

그러곤 무영을 향해 다급히 말했다.

"아, 암흑룡 바르사입니다! 맙소사!"

"암흑룡 바르사?"

"바타스 님을 노리는 가장 강력한 용입니다. 그가 왜 이곳에……."

칼무흐가 이를 악물었다.

세 자루 곡괭이 연맹의 로드를 노리는 암흑룡 바르사.

녀석이 산을 파괴한 주범인 듯싶었다.

이 산이 거점 중 하나였다는 건 확실하고 왜인지 지금 이곳을 떠났다.

용은 집착이 강하기로 유명하다.

그리고 암흑룡은 노린 먹이를 놓치지 않기로 더욱 유명했다.

한 달 이상을 거처하다가 바르사가 떠났다면 이유는 뻔하다.

"서둘러야겠군."

연맹이 있을 다음 위치를 알아낸 것이다.

21장
신의 손 바타스

무영은 이맛살을 구기며 암흑룡 바르사가 날아간 방향을 확인했다.

'세 자루 곡괭이 연맹은 한 차례 그 규모가 크게 축소된 적이 있다.'

그곳의 로드인 신의 손 바타스는 5년 뒤에도 활약을 하는 드워프다.

알렉산드로 퀸타르트가 있는 태양 길드에서 마신의 영역을 둘러보다가 그의 자취를 찾게 된다. 이후 눈이 휘둥그레질 수준의 장비가 다수 풀리며 '바타스'의 존재가 백일하에 드러난다.

하지만 정작 태양 길드와 알렉산드로도 신의 손 바타스를 온전히 손에 넣지는 못한다.

'용의 공격이 있었다고 했지. 분명히 암흑룡이었다.'

바타스의 신원을 확보하긴 했으나 정체 모를 용의 공격을 받은 것이다.

결국 바타스는 다시 떠나갔고 태양 길드는 급히 후퇴할 수밖에 없었다.

그 용이 바르사인 듯싶었다.

어쨌거나 바타스는 아주 잠시간 태양 길드의 아래에 있었고 몇 가지 이야기를 전한 바 있었다.

그중 하나가 세 자루 곡괭이 연맹의 규모에 대한 것이었다.

용의 공격이 제대로 시작되기 전에 자만하지 않고 방비를 했었다면 지금처럼 도망 다니기만 하진 않았을 것이라며 푸념하였다.

그 시간이 얼추 5년 전이었다.

그러면서 태양 길드에 속해 있었던 대장장이들을 아주 약간 손봐주었는데, 그들의 실력이 그 짧은 시간에 비약적으로 상승한 일화가 있었다.

만약 그때 바타스를 태양 길드가 계속해서 손에 쥐고 있었다면 판도가 뒤바뀌었을 것이란 평이 지배적이었다.

5년 뒤 마신의 영역을 개척하여 세력의 판도가 뒤바뀌고 대혼돈이 오는 10년 전후까지 모든 집단의 무차별 견제가 시작된다.

한 치 앞을 내다볼 수 없는 그 아수라장 속에서 신의 손 바타스가 남긴 장비는 더욱 빛을 발했으며 그의 손을 약간이나마 거친 대장장이들의 활약도 눈이 부실 수준이었다.

지금이 용의 공격을 받기 전, 그러니까 규모가 축소되기 전이라면…….

'내가 끼어들 여지가 있다.'

무영은 턱을 쓸었다.

암흑룡 바르사가 5년 이후에도 계속해서 집착한다는 사실을 알고 있었다.

이 문제를 해결할 수만 있다면 바타스의 도움을 쉽게 얻을 수 있을 터다.

하지만 암흑룡 바르사를 정면으로 상대하는 건 불가능하다. 켈베로스, 악령 포식자, 여기에 지옥마를 합쳐도 마찬가지다.

그러나 바타스가 자처하여 돕는다면 결과를 달리 만들 수 있었다.

'바타스는 자만하고 있다. 그 자만을 깨면서 동시에 바르사를 막아야 한다.'

바타스는 신의 손이라는 이름에 걸맞게 콧대가 무척 높다.

그래서 패했고 돌이키지 못할 피해를 입었다.

무영은 가만히 고민하다가 고개를 돌렸다.

"칼무흐, 바타스에 관해 알고 있는 게 있나?"

"신의 손 바타스 님 말입니까? 그야 드워프라면 모두가 알고 있지요."

칼무흐가 얼떨떨한 표정으로 고개를 주억였다.

"네가 알고 있는 모든 걸 말해라."

서두르긴 하겠으나 마냥 움직인다고 다가 아니다.

상황을 대충 이해했으니 계획을 짜야 한다.

급할수록 돌아가라는 말이 왜 있겠는가.

무영은 신중했다.

아무런 생각 없이 끼어들었다간 모든 걸 잃을 수도 있었다.

상대는 암흑룡 바르사.

섣불리 건드려선 안 되는 존재였기에!

바르사가 떠나고 얼마 안 있어서 무영은 표식 하나를 발견할 수 있었다.

나침판과 비슷하게 생긴 물건이었는데 조금씩 흔들리며 반응하고 있었던 것이다.

'용의 마력과 반응하도록 만들어진 모양이군.'

무영은 나침판을 손에 들었다.

아무래도 주변에 용이 있으면 작동하지 않는 듯싶었다.

바르사가 떠나기 무섭게 반응한 걸 보면 말이다.

'일정한 간격으로 흔들리고 있다.'

나침판은 동쪽을 가리키고 있었다.

하지만 마냥 그 표시만 보고 움직일 순 없다.

이 떨림은 일종의 암호였다.

무영은 이 미약한 떨림이 의미하는 바를 여러 각도로 해석했다.

방위마다 그 신호가 달라진다는 걸 깨닫곤 몸을 틀었다.

그리고 켈베로스의 위에 올라타 방향을 지시했다.

"북쪽으로 간다."

"예? 바르사는 동쪽으로 향하고 있습니다만……."

"함정이다. 연맹은 북쪽에 있다."

무영은 반 이상 확신하고 있었다.

아마도 이러한 나침판이 하나만 있지는 않을 것이다.

바르사를 낚기 위한 일종의 함정이었다. 정작 떨림이 전하는 방위는 북쪽을 가리키고 있었다.

용의 마력에는 반응하지 않기에 그저 화살표만 보고 바르사가 발을 옮긴 듯했다.

'더없이 오만하군.'

나침판과 암호를 해석하고 무영은 피식 웃고 말았다.

칼무흐는 바타스가 천상천하유아독존이라 말했는데 그 말대로였다.

용을 두려워하지 않고 도리어 농락하는 걸 즐기고 있었다.

용이 나침판의 마력이 이상하게 작동하고 있다는 걸 깨달았다면 여지없이 연맹이 있는 장소가 드러날 수도 있었다.

"가는 길목에 괴물들의 무리가 있는지 잘 살펴라."

암흑룡 바르사는 헛다리를 짚었다.

그만큼 시간을 벌었다는 뜻.

서둘러야 하는 건 여전하지만 그렇다고 섣불리 움직일 순 없었다.

연맹의 위치를 파악했으니 이제는 밑밥을 깔 차례였다.

바타스가 도움을 간절히 바라도록 만들려면 다소의 고생이 필요할 것 같았다.

북쪽은 눈이 가득한 대지다.

바람이 거세게 불며 눈보라가 휘몰아치는 장소였다.

당연히 그곳에 자리 잡은 괴물들도 추위에 특화된 종류가 많을 수밖에 없었다.

무영은 빙판 중심부에 내려서 주변의 흔적을 좇았다.

'아이스 트롤과 설인의 영역.'

남은 발자국이나 죽은 시체에 남겨진 이빨 자국 따위로 말미암아 이 주변에서 어느 종의 괴물이 살아가는지 순식간에 특정해 냈다.

심지어 그 둘이 적대적인 사이라는 것마저 알아낼 수 있었다.

'이 주변은 먹이가 적다. 특히 이곳에서 구하는 물고기가 주 식량이지.'

넓은 빙판에 구멍을 뚫고 물고기를 낚는 게 그 둘이 식량을 구하는 방식이었다.

그러나 호수는 그다지 넓지 않았다. 당연히 서로 부딪칠 수밖에 없다.

"칼무흐, 미끼가 되어줘야겠다."

"미끼요?"

뚱딴지같은 소리에 칼무흐가 고개를 갸웃했다.

무영은 그럴 줄 알았다는 듯 천천히 설명하였다.

"아이스 트롤과 설인을 유인하려거든 네 도움이 필요하다."

"제 도움, 말입니까?"

"그래."

혹시 몰라서 다시금 확인했으나 무영의 의지는 확고했다.

칼무흐가 눈을 감고 수염을 쓸었다.

"도움이 필요하다면 마땅히 나서겠습니다만 그 이유를 물어도 되겠습니까?"

아들의 복수를 끝마친 뒤 칼무흐는 자처하여 무영의 노예가 되었다.

무영이 죽으라 한다면 죽을 의향마저 있었다.

하지만 궁금증은 어찌할 도리가 없었다.

이 주변에 세 자루 곡괭이 연맹이 있다면 당장 찾아가지 않고 어째서 자신이 괴물들의 미끼가 되어야 하는지 말이다.

무영은 가만히 시선을 돌려 북쪽 너머를 바라봤다.

"바타스를 공격할 것이다."

"제가 지금 잘못 들은 건 아니겠지요?"

칼무흐의 눈이 화등잔만 하게 커졌다.

신의 손 바타스를 공격하겠다니!

세 자루 곡괭이 연맹에 도움을 청하러 가는 게 아니었던가?

모순도 이런 모순이 없었다.

하지만 무영의 표정은 한 치도 변하지 않았다.

"바타스는 자존감으로 똘똘 뭉쳐 있다. 용들을 무시하고 조롱하는 중이지. 암흑룡 바르사가 연맹을 찾으면 이미 늦다. 그 전에 우리가 경각심을 깨워줄 필요가 있다."

그렇다.

경각심!

신의 손 바타스가 스스로 완벽하지 않다는 걸 깨닫게 해야 한다.

그래야만 무영의 도움을 필요로 하게 될 것이다.

지금 가 봤자 무영이 원하는 것을 전부 얻을 순 없었다.

칼무흐를 해방해 줬으니 약간의 호감은 가지겠지.

가진 재료로 무구를 만들어주는 게 최대일 것이다.

하지만 그것만 가지고는 안 된다.

'악마의 긴 밤'을 대비하려면 바타스의 도움이 절실했다.

그러기 위해선 무영이 먼저 도움을 주는 위치에 있는 게 여러모로 나았다.

하나 칼무흐는 여전히 모르겠다는 표정이었다.

"그냥 바타스 님께 찾아가 이 사실을 말하면 되는 거 아닌지?"

"기회는 한 번뿐이다. 그가 거절하면 끝이지. 우리는 그가 거절하지 못하게끔 상황을 만들어야 한다."

"아아……."

칼무흐가 그제야 납득했다.

신의 손 바타스의 오만함에 대해선 칼무흐 역시 알고 있었다.

한 번 내린 결정을 결코 번복하지 않기로도 유명했다.

무영이 이야기를 전한다고 한들 무엇을 믿고 따르겠나.

칼무흐도 노예 생활을 오래했으니 발언권이 없는 것이나 마찬가지였다.

오히려 수상쩍게 여기지 않으면 다행이다.

"알겠습니다. 기꺼이 미끼가 되도록 하지요. 하지만 거점의 위치부터 찾아야 할 겁니다."

"짐작 가는 곳이 있다."

"버, 벌써요?"

"바타스의 성격을 유추하면 어렵지 않은 일이다."

무영은 태연하게 말했다.

그러나 칼무흐의 눈에는 여전히 물음표가 떠 있었다.

'정말 알 수 없는 분이다.'

마치 양파와 같았다.

까도, 까도 새로운 부분이 나타나니.

그래도 무영이 확신하며 움직인 일은 실패한 바가 없었다.

무영의 움직임엔 모두 이유가 있었다.

방법이 극단적일 때가 있긴 했지만 항상 그 이상의 결과를 내곤 했다.

세상에 어느 누가 도움을 구하러 간다면서 공격을 할 생각을 하겠는가.

칼무흐는 내심 고개를 내저으며 입을 열었다.

"그럼 제가 어떤 방식으로 미끼가 될지만 정하면 되겠군요."

"그 역시 생각한 바가 있다."

"……당연히 그러시겠지요. 그저 따르겠습니다."

전부터 생각한 건 아닐 테고, 지금 막 떠올린 것이겠지만 칼무흐는 의심의 여지없이 고개를 끄덕였다.

자신은 노예고 따를 뿐이었다.

그리고 무영은 현명한 주인이었다.

신의 손 바타스.

세 연맹의 로드이며, 3만 드워프를 다스리는 지배자.

모든 드워프가 그를 믿고 따른다.

그래야만 안전이 보장되는 탓이다.

바타스가 만든 성은 단 한 번도 침입을 허용한 적이 없었다.

설령 발견이 되더라도 조용히 사라질 뿐이다.

바타스는 용이 다가오는 걸 귀신같이 알고 미리 자리를 피하는 재주를 지녔다. 폭군과도 같은 기질을 지녔지만 누구 하나 불만을 제기하지 못하는 게 위와 같은 이유 때문이었다.

불만을 제기하면 성에서 쫓겨난다.

성에서 쫓겨난 드워프는 금세 위기에 노출되고 죽는다.

하여 바타스를 따를 수밖에 없었다.

하지만 그것도 '단 한 번도 침입을 받은 적이 없다'는 사실이 있어야 힘을 발휘하는 것이다.

"누군가가 성벽의 마법진을 건드렸습니다."

"벽이 노출됐습니다! 거점이 발각된 겁니다!"

"……이천의 아이스 트롤과 설인이 성문을 공격하고 있습니다."

정찰을 나갔던 드워프들이 호들갑을 떨며 바타스를 찾았다.

바타스는 자신의 성에서 흔들의자에 앉아 있었다. 두꺼운 왕관과 온갖 장신구를 치렁치렁 매달고서.

그러나 들려오는 소식을 듣고는 일어나지 않을 수 없었다.

"뭐? 벽이 노출됐다고? 그럴 리가!"

벽은 고도의 투명화 마법이 걸려 있었다.

모든 생명체에게 존재하는 '맹점'을 이용한 바타스가 직접 개발하고 새겨둔 마법이었기에 여태껏 한 번도 노출된 적 없었다.

그래서 용들도 정확한 위치를 찾지 못해 주변 일대를 박살 내 버리는 것이었다.

"사실입니다. 나, 나와서 확인해 보십시오."

바타스가 짧은 다리를 들고 재빨리 성 밖으로 나왔다.

그리고 거대한 성벽의 투명화가 풀린 걸 보곤 아연실색한 표정을 지어 보였다.

쿵! 쿵! 쿵!

하물며 다수의 괴물이 성벽을 두드리고 있었으니 당황스러움은 배가 될 수밖에 없었다.

"대체 누가……?"

누군가가 숨을 경우, 어떠한 방법으로도 당장의 추격이 불가할 때 평소 행실이나 성격 따위를 유추해서 따라가는 건 추적의 기본이다.

그리고 무영은 신의 손 바타스의 오만함을 안다.

깊숙한 곳이 아닌 의외로 눈에 띄는 장소에 숨어 있을 가능성이 높았다.

이후 몇몇 추정되는 장소를 탐색한 결과 보이지 않지만 어색한 지대가 한 곳 있었다.

눈이 높게 뒤덮이고 넝쿨과 같은 식물이 주변을 가린 곳이었다.

은폐된 모든 함정에 익숙한 무영이 아니라면 눈치채지 못할 수준이었지만 무영은 확신했다.

'인지를 혼란하게 하는 마법과 투명화 마법이 걸려 있군.'

넝쿨을 뚫고 들어가도 길을 헤매게 된다.

그 사실을 깨달은 것 자체만으로도 무영은 제대로 방향을 잡을 수 있었다.

단순한 인지의 혼란이라면 그것을 바로잡는 것만으로도 충분할 정도의 방향 감각이 무영에겐 있었던 탓이다.

이후 더 깊숙하게 들어가자 투명하지만 단단한 벽의 촉감이 만져졌다.

문제는 투명화된 벽을 어찌 밝히느냐.

'바타스는 모든 방법을 준비해 놨다.'

찾는 방법도, 해제할 방법도 모두 나침판 속에 있었다.

무영은 순수를 깨달으며 마력의 흐름 같은 걸 본능적으로 잡아낼 수 있게 되었는데 주변 마력의 흐름이 이질적이라는 걸 눈치챌 수 있었다.

그리고 그 이질적인 흐름은 나침판에서 느껴지는 마력과는 정반대였다.

두 개의 상반된 흐름을 맞추면 원래대로 돌아올 듯싶었다.

하여 보이지 않는 성을 한 바퀴 주욱 돌며 방위에 따라 나침판의 방향을 맞춰보았다.

'역시.'

그러자 조금씩 엇나간 마력의 흐름이 정상적으로 돌아왔다.

이윽고 거대하고 견고하기 짝이 없는 성의 형태가 모습을 드러냈다.

바타스.

그는 정말로 오만한 드워프였다.

찾을 수 있으면 찾아보라는 듯 대놓고 방법을 제시해 두었다.

실력은 확실하지만 이 오만함이 그의 발목을 잡게 되리라는 걸 무영은 알고 있었다.

투명화가 풀린 즉시 무영은 다음 단계를 준비했다.

바로 칼무흐가 미끼가 되어 아이스 트롤과 설인을 끌고 오는 물밑작업이었다.

'몸에 좋은 약은 대부분 쓰게 마련이지.'

경각심을 일깨워주기 위한 일이었다.

부디 너무 써서 뱉지만 않기를 바랄 따름이다.

칼무흐가 아이스 트롤과 설인의 주의를 끄는 방법은 간단했다.

한정된 자원으로 치열한 접전을 벌이고 있는 둘 사이로 들어가서 그 자원 자체를 빼앗아 오면 그만이었다.

"내가 왜 이 짓을 해야 하는지 모르겠군."

"더 빨리 뛰어야 합니다!"

칼무흐가 발에 땀띠가 나도록 얼음판 위를 달리고 있었다.

악령 포식자는 그 옆에서 수많은 악령을 이용해 모습을 감추고 칼무흐가 도망가기 쉽도록 도움을 주는 중이었다.

그리고 칼무흐는……

물고기가 잔뜩 든 거대한 어물망을 들고 있었다.

악령들의 도움이 아니었다면 불가능했을 일이지만 어쨌든 설인과 아이스 트롤이 보는 앞에서 버젓이 그들의 식량을 모두 강탈한 덕이었다.

아이스 트롤과 설인의 눈에는 오로지 칼무흐만 보였다.

크아아아아!

목에 핏대를 세운 채 괴성을 내지르며 칼무흐를 쫓았다.

물론 몇몇 괴물에게 악령을 씌워서 자아를 잃고 폭주하게 만든 영향이 컸다.

소수가 이성을 잃고 날뛰기 시작하면 그게 다른 괴물에게로 전염되게 마련이었으니.

'이건 미친 짓이야!'

칼무흐는 실로 그렇게 생각했다.

맨몸으로 이천여 괴물을 도발한다?

자살 희망자도 쉽게 하지 못할 일이 분명하다.

잡히는 순간 뼛조각 하나 남기지 못하고 사라질 것이었다.

게다가 저 미쳐 날뛰는 괴물들이 바타스 님을 공격한다고 생각하자 일말의 죄책감도 들었다.

하나 이미 엎어진 물이다.

칼무흐가 이를 악다물고 뛰었다.

그 결과가 바로 지금의 상황이었다.

이천의 괴물이 문을 미친 듯이 두드려 대자 거대한 성문이 크게 요동쳤다.

트롤이나 설인은 뭉치면 오우거급의 괴력을 발휘하기로 유명하다.

오우거 수십 마리가 문을 두드려 대는데 아무리 견고한 성벽이라 한들 막을 수 있을 리가 없다.

이대로는 머지않아 성문이 뚫릴 게 눈 보듯 뻔한 상황.

'대처가 늦다.'

무영은 외곽의 성벽에 올라 주변을 둘러보고 있었다.

침입자에 대비한 함정이나 마법 등이 곳곳에 걸려 있었지만 무영의 눈을 속일 순 없었다.

빈틈은 항상 있게 마련이었고 무영은 물 만난 물고기처럼 유유히 그 사이를 걸어들어 왔다.

"이러다간 문이 부서지겠어!"

"숫자가 이천을 넘는다는데?"

드워프들은 크게 당황했으나 다음 대처를 쉽게 하지 못하는 중이었다.

용의 공격에서 탈출할 방법만 생각했지 평범한 괴물들이 성을 발견해서 쳐들어올 줄은 상상도 못한 듯싶었다.

'오합지졸.'

절로 든 생각이다.

아무리 견고하고 튼튼한 성과 벽을 가졌으면 뭐하나.

수만의 드워프가 똘똘 뭉쳐 있으면 뭐하겠느냔 말이다.

벽만 믿고 대처할 방법을 평소 게을리해서 벌어진 일이었다.

이 일의 중심엔 바타스가 있을 터였다.

당장 성 내부만 봐도 알 수 있었다.

세 자루 곡괭이 연합의 로드로 군림하며 다른 드워프들을 노예처럼 부려먹은 모양이었다.

중심의 성을 제외한 모든 건축물이 드워프답지 않게 초라하기 그지없었던 것이다.

"어, 어떻게 해야 하지?"

"바타스 님한테 가 보자. 바타스 님이라면 방법을 제시해 주실 거야."

당황한 드워프들에겐 행동 지침 따위가 없는 듯싶었다.

오로지 바타스의 혜안만을 믿고 그에게 의지하는 게 수많은 대화에서도 나타났다.

적이 나타났다면 즉시 검과 갑옷을 차고 문을 막아야 한다. 도깨비들이 불타르와 대치했던 것처럼 더는 들어오지 못하도록 견제를 해도 부족하다.

한데 드워프들은 일단 성으로 모이고 보았다.

자의적으로 무장을 하는 드워프가 전혀 보이지 않았다.

그만큼 바타스가 뛰어나기 때문이기도 하겠지만 이 대처는 무영으로선 영 실망스럽기 그지없는 것이었다.

'진짜 노예는 스스로가 노예인 줄 모른다.'

바타스의 말 한마디 없이는 아무것도 할 줄 모르는 드워프들을 보니 그런 생각이 절로 들었다.

그러나 전부를 재단하기엔 아직은 시기상조다.

무영은 성내로 들어가 움직였다.

"숫자는 우리가 훨씬 많다. 벽의 투명화가 풀리긴 했지만 그런 건 우연에 불과해. 용이 아니라면 우리가 두려워할 이유가 없다!"

왕관을 머리에 이고 장신구를 치렁치렁 착용한 드워프가 성 앞에서 연설을 하는 중이었다.

한눈에 알아봤다.

저자가 바타스라는 걸.

"저, 저희가 트롤을 상대로 싸울 수 있을까요?"

"싸울 줄 아는 드워프는 거의 없습니다. 다들 풀무질이나 잘하지요."

드워프들은 여전히 겁에 질려 있었다.

한 번도 경험하지 못한 일.

무영은 바타스의 대처를 기대했다.

용도 아닌 고작 이천의 괴물을 상대로 도망가는 건 창피한 일이다.

로드로서의 체면이 말이 아니게 될 터.

이윽고 바타스가 검을 뽑았다.

"우리가 만든 무기는 오우거의 신체도 찢을 수 있다! 무엇을 걱정하는가? 무기를 들어라! 지금이야말로 드워프의 진정한 힘을 보여줄 때다!"

역시 싸우는 쪽으로 가닥을 잡았다.

드워프는 신체적으로 강한 종족이 아니다.

하지만 그들이 만드는 무구는 신체의 차이를 메워주고도 남는다.

바타스의 그다음 대처는 나름 나쁘지 않았다.

싸울 줄 아는 자들을 선별하여 문을 막았다.

활을 쏘게 하고, 거대한 석궁을 발사했다.

대포 비슷한 물건도 많았다.

그러곤 별동대를 운영해 뒷문을 빠져나가 잔존한 괴물들의 뒤를 쳤다.

'전략전술 자체는 나쁘지 않군.'

반나절 이상을 싸운 결과 이천의 괴물을 몰살시킬 수 있었다.

바타스가 허울만 좋은 로드는 아닌 것 같았다.

모든 드워프 승리에 도취됐다.

하지만 그들은 알까?

이 한 번이 끝이 아니라는 걸.

아직 제대로 시작도 안 했다는 걸!

격전이 지나간 뒤 바타스는 벽에 투명화를 걸고 보안을 점검했다.

하지만 미처 요인을 따지기도 전에 다음 공격이 시작되었다.

수백 마리의 푸른 가죽을 지닌 오크들이 성을 발견했기 때문이다.

'문 오크!'

바타스는 오크들을 보곤 아연실색할 수밖에 없었다.

'문 오크는 이곳보다 한참 북쪽에 사는 종족일 텐데?'

왜 문 오크가 난데없이 성을 향했는지 알 수 없는 노릇이었다.

하물며 또 한 번 보안이 깨졌다.

자연적으로 깨진 것은 절대로 아니었다.

'누군가가 계속해서 보안을 해제하고 있다.'

바타스가 식은땀을 삐질 흘렸다.

문 오크 역시 막아내긴 했으나 이번엔 수습할 틈도 없이 다수의 웨어울프가 모습을 드러냈다.

"우, 우린 다 죽을 거야."

"이대로는 희망이 없어……."

드워프들은 제대로 잠도 자지 못했다.

조금씩 두려움에 잠식되어 가고 있었다.

그러나 바타스는 쉽사리 결정을 내릴 수 없었다.

'성을 나와서 도망가길 기다리고 있는 건가? 용은 아닐진대 대체 누구란 말이냐.'

보안을 해제하는 적의 정체와 의도를 알 방도가 없다는 게 가장 큰 문제였다.

용이라면 이런 복잡한 방법을 사용할 리 없다.

해제할 방법을 알았다면 숨결만 한 번 뱉어주면 그만이었다.

바타스는 머리를 굴렸다.

어쨌든 의도대로 놀아선 안 된다.

하지만 쳐들어오는 괴물의 종이나 숫자는 드워프들이 어찌저찌 막을 수 있는 수준을 유지하고 있었다.

도망가기도 뭐하고, 계속해서 막기도 뭐한.

이에 의아함을 느꼈지만 깊숙이 생각할 틈이 없었다.

쉴 새 없이 몰아치는 괴물들의 향연에 마침내 바타스의 지혜도 무너지기 시작한 것이다.

이런 지속적인 전쟁이 익숙하지 않아서 생긴 일이었다.

성내에서 몇 번이나 결정을 유보한 탓에 바깥에서 싸우는 드워프들의 사기 같은 건 전혀 고려하지 못하고 있었다.

쿠우웅!

마침내 성문이 무너졌다.

장장 15일 만의 일이었고 나타난 괴물은 무려 트윈 헤드 오우거였다.

두 개의 머리를 지녔지만 오우거 20마리의 힘을 발휘할 수 있다는 괴물 중의 괴물.

"아아……."

"트윈 헤드 오우거!"

"도, 도망가야 돼."

드워프들의 눈에 절망이 어렸다.

쩔그렁!

무기를 놓는 드워프마저 있었다.

'어찌해야 하는가?'

바타스도 당황했다. 하지만 이미 늦었다.

트윈 헤드 오우거는 성내로 들어와 드워프들을 학살하는 중이었다.

유일한 방법은 도망을 가는 것이었다.

용의 침략을 대비해 성을 빠져나갈 수단을 몇 가지나 방비해 두지 않았던가.

"성을 빠져나간다. 모두 트윈 헤드 오우거를 막아라!"

로드인 바타스가 물러나자 드워프들의 사기는 더욱 바닥으로 치달았다.

모든 드워프의 눈에 절망이 서린 그때.

좌아아악!

트윈 헤드 오우거의 팔 한쪽을 베어내며 도깨비 하나가 등장했다.

크아아아아!

트윈 헤드 오우거가 잘린 팔을 부여잡으며 발광했다.

도깨비는 잠시 고개를 돌려 뒷걸음질 치는 드워프들에게 말했다.

"트윈 헤드 오우거는 불에 약하다! 화약을 퍼부으면 잡을 수 있다!"

하나 드워프들은 쉽사리 움직일 수 없었다.

이에 도깨비가 버럭 외쳤다.

"드워프는 모두 겁쟁이뿐이 없는 건가! 헤임달이 울겠구나!"

헤임달. 드워프가 숭상하는 신의 이름이었다.

뚝!

그 말을 들은 바타스가 발걸음을 멈췄다.

도깨비는 당연히 무영이었다.

무영은 바타스를 바라보며 내심 미소를 지었다.

신의 손 바타스.

혜안과 지식이 있고 어느 드워프보다 실력이 뛰어나서 오만하기 짝이 없지만 결국 겁쟁이라는 걸 무영은 알았다.

하지만 마냥 겁쟁이는 아닐 것이었다.

'그저 겁쟁이라면 로드가 될 수 없지.'

그리고 무영의 생각은 적중했다.

도망치던 바타스가 걸음을 멈추고 몸을 부들부들 떨었다.

그는 누구보다 헤임달에 대한 신앙심이 드높은 자였다.

"도깨비가 감히 누구를 논하느냐!"

그간 억눌러 온 감정이 봇물 터지듯 터져 버린 것이다.

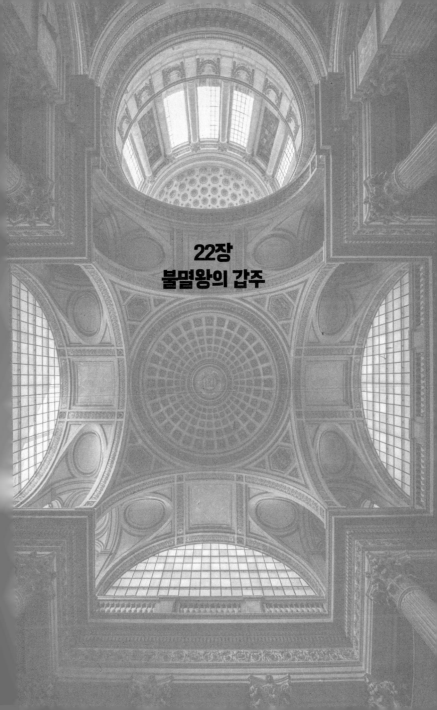

22장
불멸왕의 갑주

무영은 어깨를 으쓱하며 비탄과 흉신의 검을 들었다.

바타스가 다시 움직인다면 이제는 눈앞의 괴물을 처리할 때였다.

'네놈을 유인하기가 가장 까다로웠다.'

트윈 헤드 오우거는 돌연변이다. 아크라 불리는 백색종과는 다르지만 모든 오우거의 정점이라 할 수 있었다.

보통은 극한의 땅이나 높은 산의 주인으로서 활동하는데 이놈을 유인하려고 무영은 온갖 애를 다 썼다.

함정을 설치하고 주변의 먹이를 초토화시켜서 굶주리게 만든 뒤 살살 건드렸다.

드워프의 성을 공략한 15일 중 6일을 이 녀석을 끌어내는 데 사용했을 정도다.

성의 문을 부수려면 그 괴력이 필요했기 때문이다.

크르르.

이윽고 트윈 헤드 오우거의 팔이 재생되기 시작했다.

힘만 평범한 오우거의 20배가 아니라 재생력도 20배다.

트롤의 뺨을 때리고 지그시 밟아버릴 수준.

단순 난투전에서의 트윈 헤드 오우거는 최강이라 할 수 있었다.

일대일?

미치지 않고서야, 무영이 그런 도박을 할 리 없다.

펑! 퍼엉!

석궁을 날리고 화약을 실어서 대포를 발사했다.

광산을 개발하고 광물을 캐는 종족이니 화약을 다루는 건 당연한 일.

하지만 화력이 터무니없이 부족하다.

트윈 헤드 오우거의 가죽은 어중간한 화약의 폭발로는 그을리지도 않았다.

'이 이상의 지원을 바라기는 어렵겠지.'

장소가 장소다.

성내에서 무한정 화약을 터뜨릴 순 없는 노릇이다.

죄다 같이 죽을 생각이 아니라면 이 정도의 화력지원이 전부일 터.

'차라리 잘됐다.'

애당초 크게 기대하지도 않았다.

저들의 무력함이 증명되면 될수록 자신에겐 좋은 기회로 작용하니.

그리고 일정 이상의 타격이 중첩되면 저 방어력도, 재생력도 무용지물이 될 것이었다.

쿵!

퍽!

하지만 트윈 헤드 오우거는 잠시 생각할 겨를도 주지 않았다. 주먹을 들어 무영이 있던 땅을 그대로 밀어버렸다.

가까스로 막아냈으나 무영의 몸이 저 멀리 튕겨져 나갔다.

속도 또한 범상치 않아서 조금만 반응이 늦었어도 전신이 가루가 되었으리라.

퉤!

무영은 흙이 섞인 피를 뱉어냈다.

왼쪽 팔의 관절이 나간 것 같았다.

뚜둑! 뚜두둑!

억지로 관절을 끼워 맞춘 후 달려오는 트윈 헤드 오우거를 바라봤다.

"영역 선포."

작게 중얼거리자 주변 공기와 마력의 압(壓)이 달라졌다.

무영을 중심으로 하는 넓은 절대자의 영역이 펼쳐진 것이다.

'적'이라 규정된 이의 능력치를 저하시키고 무영의 존재감을 떨치는 영역 단위의 권능!

스윽.

발을 떼는 순간, 무영은 트윈 헤드 오우거의 뒤편에 있었다.

순간적으로 가속한 세계에서 무영은 동시다발적으로 세 군데의 혈을 찔렀다.

혈이란 생명체의 몸을 도는 기운의 길이다.

트윈 헤드 오우거도 생명체인 이상 기운이 다니는 골목이 존재할 수밖에 없었다.

비록 그 자리가 다르다고는 하나 무영은 생명체를 죽이는 데 있어선 누구보다도 고수라 할 수 있었다.

인간만이 아닌 수천, 수만에 달하는 괴물의 몸도 해부한 바가 있었다.

크아아아악!

정확히 3초.

가속이 끝나자 트윈 헤드 오우거의 종아리와 갈비뼈 사이, 머리의 뒷부분에서 동시다발적으로 출혈이 시작됐다.

그러나 전처럼 빠른 속도로 치유되진 못했다.

'회복이란 기운의 정상화를 뜻한다. 혈이 막히면 회복도 느려지게 마련이지.'

그러다가 무영은 손을 내려다봤다.

딱딱하기 그지없는 육체를 억지로 꿰뚫느라 손이 망가져 있었다. 가속이 더해져서 돌아오는 피해가 배가 된 탓이었다.

그래도 뼈는 무사했다.

캬아악!

두 머리 모두가 분노를 쏟아냈다.

무영이 급히 몸을 피했지만 트윈 헤드 오우거의 괴력이 닿는 것만으로 주변 모든 건물이 무너져 내렸다.

쿵!

하지만 트윈 헤드 오우거는 자리에 한 차례 주저앉았다.

무영이 잘라낸 종아리의 타격이 제법 있는 모양이었다.

그 기회를 놓칠 무영이 아니다.

건물의 벽면을 타고 한 바퀴를 빠르게 돌며 트윈 헤드 오우거의 시선을 어지럽힌 뒤 빠르게 뛰어올랐다.

푸욱!

먹이를 낚아채는 매처럼 비탄을 양손으로 쥐고 몸을 한 바퀴 돌려 트윈 헤드 오우거의 눈을 찔렀다.

캬아아아아!

눈이 찔린 머리 하나가 발광을 해대기 시작했다.

아무리 피부가 단단하대도 눈 조직은 얇을 수밖에 없다.

"흡!"

문제는 놈의 발광이 생각보다 거칠다는 것.

단지 스쳤을 뿐인데도 무영의 몸이 공중을 떴다.

울컥!

겨우 바닥에 착지할 순 있었지만 늑골이 제대로 나갔다.

그 순간.

〈미치광이 군주 세트, '광전사' 효과가 발동됩니다.〉
〈힘, 체력, 투기가 각각 '15'씩 상승합니다.〉
〈절대자의 별이 반응합니다. 상처가 서서히 회복됩니다.〉

무영의 전신으로 검은 기운이 뻗어 나오기 시작했다.

생명이 극한에 다다랐을 때 발동하는 광전사 효과였다.

그러나 전과 달라진 점이 있다면 절대자의 별이 반응했다는 점이다.

본래 광전사는 체력을 소모시키는 효과지만 주변의 붉은 영역이 무영의 몸속으로 흡수되며 상처가 낫고 있었다.

피를 토한 무영이 피식 웃었다.

'두 대 스친 걸로 광전사 효과가 발동이라.'

단순 육체 능력치만 따지자면 최상급의 괴물 중에서도 수위를 달리는 게 트윈 헤드 오우거다.

전체적인 능력이 낮아 상위급에 머물고 있지만 지금 당장 무영이 상대하기 벅찬 상대였다.

'수지가 안 맞는군.'

이보다 나쁜 교환 비율이 어디 있으랴.

이대로 한 번 더 공격을 허용하면 몸이 버티질 못할 것이다.

반면 트윈 헤드 오우거는 무영에 비하면 멀쩡한 편이었다.

눈 하나의 시력을 상실케 했대도 3개가 더 있었다. 1:1의 최강자라 불리는 괴물답다.

하지만 그건 어디까지나 1:1의 이야기.

"타칸!"

무영이 하늘을 향해 크게 외쳤다.

쿵!

동시에 켈베로스가 지상에서 낙하했다.

"드디어 내 이름을 불렀군."

검은 망토를 펄럭이며 악령 포식자가 지상으로 내려왔다.

살점이 썩고 어느덧 뼈만 남았지만 그 기운은 주변을 압도했다.

타칸.

악령 포식자의 진짜 이름이다.

무영은 타칸을 부른 뒤 태연하게 안에서 곪은 피를 빼내고자 늑골 주변에 상처를 내고 뼈를 맞췄다.

켈베로스가 트윈 헤드 오우거를 상대하고 있는 사이, 그 모습을 본 타칸이 어이가 없다는 듯이 말했다.

"그런데 너는 정말로 도깨비가 맞는 거냐? 내 수많은 악령의 주인이긴 하다만 너처럼 생전에 독했던 녀석은 하나도 없었다. 어떻게 그런 상처를 표정 변화 하나 없이 스스로 치료하는 거지?"

타칸은 정말 기가 질렸다.

독하지 않은 악령은 없다.

하지만 수만, 수십만 악령 중에서도 무영같이 독한 녀석은 없었다.

죽기 직전까지 스스로를 몰아넣고 자신을 부른 것도 그렇다.

무영은 싸늘하게 눈빛을 던지며 말했다.

"피해를 최소화하면서 제압해야 한다."

"쯧쯧, 알았다. 나만 믿어라. 저 녀석이 아무리 힘이 세다고 한들 나 악령 포식자 타칸의 상대는 아니 된다."

타칸이 자신만만하게 앞으로 나섰다.

무영이 하지 못한 1:1 정면 대결의 승리를 거머쥘 셈이었다.

켈베로스가 옆으로 물러나자 다음은 타칸이었다.

검에 악령들이 덧씌워지며 검은 불꽃이 피어올랐다.

그대로 달려들어 트윈 헤드 오우거와 정면으로 부딪쳤다.

쿵!

타칸의 검이 흉부를 뚫었지만 타칸도 저 멀리 튕겨 나가 벽에 그대로 처박히고 말았다.

무너진 건물에서 다시 몸을 일으켜 세운 타칸이 멋쩍어하며 말했다.

"……주변 건물은 좀 무너질 것 같군."

아무래도 타칸 혼자 피해를 최소화하긴 어려울 듯싶었다.

마침 무영도 적당히 움직일 정도가 되었다.

무영은 앞으로 나서며 입을 열었다.

"둘이서 하나를 잡는다."

타칸이 고개를 홱 돌렸다.

"지금 나보고 그런 짓을 하라는 거냐?"

"그게 가장 효율적이다."

하지만 무영은 타칸의 투정을 받아줄 생각이 전혀 없었다.

이곳을 초토화시켰다간 바타스에게 좋지 않은 인상만 심어줄 가능성이 높았다.

무영이 굳이 처음에 혼자 나가서 싸운 것도, 피해를 최대한 줄여가려 노력한 것도 모두 일종의 '보여주기'에 지나지 않았다.

바타스가 스스로를 무력하다고 여기게 만들어 무영의 도움을 바라도록 만드는 계획.

함께 암흑룡 바르사의 해결 방안을 찾는 게 최종 목표이건만 기반 시설이 전부 무너지면 주객전도다.

스악!

강한 바람과 함께 무영이 질풍처럼 달려 나갔다.

아직 전체가 회복된 게 아님에도 마지막 불꽃을 태우는 양.

타칸은 고개를 절레절레 저었다.

"괴물이 따로 없군."

드워프들은 감히 트윈 헤드 오우거의 곁으로 다가갈 생각
도 하지 못했다.

멀리서 화약을 퍼부어 봐야 흠집조차 못 내는 상황.

이미 지칠 대로 지친 드워프들이 대항하기에 트윈 헤드 오
우거의 벽은 높아 보였다.

'드워프가 이리도 나약했던가?'

아니다.

바타스는 고개를 저었다.

드워프도 용맹한 전사가 많았다.

다만 오랜 시간 전쟁과 먼 삶을 살다 보니 약해졌을 뿐.

항상 용에게 도망 다니기만 했으니 예의 용맹함을 잃어버
리는 건 당연한 일이었다.

쾅! 쾅!

바타스의 눈이 미친 듯이 싸우는 두 인영에게 닿았다.

도깨비와 데스나이트라.

이렇게 안 어울리는 조합도 없다.

하물며 도깨비는 죽을 정도의 상처를 입었음에도 쉬지 않
고 달려들기만 했다.

무모한 부나방처럼 보이기도 했으나 그 용맹함 하나는 알
아줘야 했다.

'우리가 잃어버린 걸 저 도깨비는 가지고 있다.'

전율이 일었다.

저런 식으로 싸우는 전사는 무척 오랜만에 보았다.

기억도 안 나는 오래전, 드워프 중에서도 저 도깨비처럼 싸우는 이들이 있었다.

용에 의해 가장 먼저 죽어서 지금은 남지 않았지만……

그 용맹함을 도깨비에 의해 다시 상기하게 될 줄이야.

쿵!

마침내 트윈 헤드 오우거의 양쪽 머리가 잘리며 놈이 쓰러졌다.

도깨비와 데스나이트가 나란히 하나씩을 잘라낸 것이다.

통쾌하기 짝이 없는 승리였다.

"그대들은 누구인가?"

바타스는 묻지 않을 수 없었다.

어쨌든 도움을 받은 건 사실이다. 이를 무시할 만큼 바타스는 후안무치하지 않았다.

하지만 도깨비는 바타스를 쳐다보지도 않았다.

트윈 헤드 오우거의 목을 수집하곤 턱을 쓸며 생각에 잠겼을 따름이다.

'무시하는 건가?'

바타스의 표정에 노여움이 서렸다.

신의 손이라 추앙받는 자신에게 이런 굴욕감을 주는 이는 오랜만이었다.

헤임달을 언급했을 때에도 신경을 긁었건만 대놓고 앞에

서 못 본 척이라니.

그때였다.

"세 곡괭이 연맹의 로드, 신의 손 바타스시여! 황금망치 부족의 수석 대장장이 칼무흐가 인사 올립니다."

부리나케 달려온 칼무흐가 바타스의 앞에 무릎을 꿇었다.

그러자 바타스의 표정이 변했다.

"칼무흐! 들어본 적이 있다. 황금망치 부족과는 최근까지 교류가 있었지."

"저희 주인님의 결례를 용서해 주십시오. 한번 집중하면 좀처럼 다른 일에 신경을 쓰지 못하는지라 그렇습니다."

"주인님? 지금 저 도깨비 보고 하는 말인가?"

바타스의 표정이 다시금 일그러졌다.

드워프는 노예라는 단어에 특히 민감하다.

특유의 철을 다루는 솜씨를 욕심내는 종족이 많기 때문이다.

그러자 칼무흐가 설명했다.

"저는 제 아들과 함께 지하 투기장에 노예로 갇혀 있었습니다. 하나 제 아들은 악마에게 죽임을 당했고 그 복수를 해주신 게 지금의 주인님이십니다. 제가 자처하여 된 것이니 너무 나무라진 말아주십시오."

"으음……."

"주인님께선 신의 손 바타스 님의 도움이 되길 바라고 있습니다. 트윈 헤드 오우거가 근접하는 걸 보고 누구보다 빠르게 뛰어오신 것도 그 이유 때문입니다."

툭.

칼무흐의 옆으로 도깨비, 무영이 섰다.

이상한 점이라면 잠시 한눈판 사이 트윈 헤드 오우거의 머리통이 감쪽같이 사라져 있었다.

그리고 무영의 목걸이엔 축소된 트윈 헤드 오우거의 머리통이 걸려 있었다.

"나는 무영이다. 드워프들의 투쟁은 잘 봤다. 헤임달은 드워프들이 모시는 투쟁의 신이라고 하던데 과연 그대로더군."

짤막한 자기소개와 금칠이 이어졌다.

바타스는 볼이 화끈거림을 느꼈다.

투쟁?

그걸 투쟁이라 할 수 있을까.

차라리 장난이라 보는 게 더 어울릴 것이다.

결국 트윈 헤드 오우거를 처리한 건 도깨비와 데스나이트이지 않았나.

투쟁의 신 헤임달의 이름에 도리어 먹칠만 하게 됐다.

"커흠……."

한데 그걸 콕 집어 금칠을 해주니 딱히 할 말이 없었다.

그러자 다시 칼무흐가 말했다.

"바타스 님, 지금 이럴 때가 아닙니다. 바르사가 오고 있습니다."

"암흑룡 바르사? 놈은 이곳을 찾지 못한다."

칼무흐가 격하게 고개를 저었다.

"아닙니다. 바르사는 이미 이곳을 찾았습니다. 다만, 작전을 바꿨을 뿐이지요. 혹시 오늘만이 아니라 얼마 전부터 괴물들이 침입해 오지 않았습니까?"

"그건 그렇다만, 그게 바르사의 소행이라고?"

"예, 바르사가 뒤에서 괴물을 조정하고 있습니다. 대응하지 않으면 당하고 말 겁니다. 저희는 20일가량 전에 바르사가 북쪽을 향해 날아오르는 걸 본 적이 있습니다. 이곳에 당도한 것도 바르사를 따라온 것이었지요."

바타스는 살짝 미간을 좁혔다.

참을성이 없기로 소문난 바르사가 벽의 보안을 깨고 괴물을 불러들였다?

쉽사리 믿기진 않았으나 칼무흐가 거짓을 말한다고 여기진 않았다.

그럴 이유가 없었다.

20일 전에 보고 왔다면 시간도 얼추 맞았다.

"거점을 옮겨야겠군."

바타스가 신중히 결론을 내렸다.

하지만 아무런 준비 없이 암흑룡을 상대하는 건 불가능하다.

하나 칼무흐는 여전히 부정적이었다.

"이미 늦었습니다. 바르사는 지금 이곳을 봉쇄하고 즐기고 있습니다. 드워프들이 서서히 고사하는 모습을 보면서 말입니다. 도망갈 걸 뻔히 아는데 대비를 안 해뒀겠습니까?"

그것도 사실이었다.

바타스가 미간을 쥐었다.

용은 지능이 높다. 그간의 고생을 갚으려고 이런 장난질을 치는 것일 수도 있었다.

바타스가 생각에 잠기기 무섭게 칼무흐가 권했다.

"저희가 돕겠습니다. 돕게 해주십시오."

"무슨 수로? 도깨비와 저 데스나이트가 제법 강해 보이긴 하지만 용은 강함에 있어서 차원이 다른 종이다."

그때 무영이 앞으로 한 발자국 나섰다.

"불사조의 심장과 용의 뼈, 대지룡의 허물 조각이 있다. 용의 공격을 버틸 수 있는 갑옷을 만들어다오."

"불사조의 심장으로 갑옷을……?"

"'마룡살상포'를 갖고 있지 않나? 용에게 충분히 타격을 줄 수 있는 그 포 말이다. 내가 시간을 벌면 충분히 한 번쯤 발포할 순 있을 테지."

"네, 네가 그걸 어떻게!"

바타스의 얼굴에 경악이 서렸다.

마룡살상포는 말 그대로 마룡을 잡기 위해 설계된 포다.

하지만 고대의 유품으로 봉인되어 있었고 바타스가 최근 그 봉인을 해제했다.

파괴력은 이루 말할 수 없지만 문제는 발포하는 시간이 너무나도 오래 걸린다는 점이었다. 암흑룡 바르사 정도라면 이변을 눈치채고 몸을 피하는 게 충분히 가능한 시간. 하여 그대로 썩혀만 두고 있었건만.

그래도 굉장히 기밀을 요하는 물건이다. 무영이 어떻게 알고 있는 것인지 혼란이 온 것이다.

막 의심의 눈초리를 던지려는 찰나였다.

"주인님은 모든 도깨비의 지배자인 '움'이십니다. 간혹 아무도 모르는 진실을 꿰뚫어 보곤 하시지요. 이곳에 온 것도 파멸로 향하는 미래를 막기 위해서입니다."

칼무흐가 적당히 양념을 쳤다.

실제로 무영은 칼무흐의 관점에선 모르는 게 없었고 미래를 보는 것처럼 거리낌 없이 행동해 왔다.

무영은 현명한 주인이었다.

서로가 상생할 수 있는 길을 충분히 개척할 수 있으리라고 칼무흐는 믿고 있었다. 그래서 바타스를 상대로 거리낌 없이 거짓말도 할 수 있는 것이다.

현재 그의 주인은 무영이었으므로.

"움이라. 도깨비들이 의식을 통해 선정하는 자리를 말하는 거로군."

그제야 바타스가 무영을 새로이 보았다.

움에 대해서 충분히 알고 있는 게 분명했다.

하지만 움이라면 못해도 수십만 도깨비를 이끄는 주인이다.

어째서 혼자 온 것인지는 모르겠지만…….

'어중간한 도깨비로 숫자를 채우는 것보다 확실한 한 명이 낫긴 하지.'

실력은 이미 입증됐다.

트윈 헤드 오우거를 상대로 벌이던 처절한 전투.

보기만 해도 끔찍한 상처를 스스로 치료하는 등 말도 안 되는 장면을 보였다.

그 생생함을 바타스는 상기시켰다.

하지만 과연 용을 상대로 시간을 끌 수 있을 지는 미지수였다.

바타스가 무영을 바라봤다.

한 치의 흔들림 없는 눈빛.

속내를 알 수 없지만 저 끝에 심연이 있었다.

'밑바닥까지 훑어보고 온 자다.'

그리고 그런 자들은 자신의 신조 같은 게 있는 법이었다.

과연 움.

도깨비들의 지배자라 할 수 있었다.

게다가 그를 따르는 칼무흐가 있기에 더욱 신뢰가 갔다.

황금망치 부족은 성실하고 신용이 있기로 유명하다.

남을 잘 안 따르지만 그만한 가치가 있는 자에겐 간도 쓸개도 내다줄 수 있는 게 황금망치 부족의 특성이었다.

"갑옷을 만들어주마. 하지만 시간이 걸리는 일이다."

아무리 바타스가 드워프들을 막 부린다고 하더라도 엄연히 신의 손이라 불리는 대장장이였다.

장비를 만드는 데 허투루 할 리가 없었다.

하나 그사이에 일이 터지면 어쩌겠느냔 소리다.

무영은 어깨를 으쓱했다.

"훈련을 시켜주지."

"훈련을?"

"드워프들은 본래 전사의 피를 타고났다. 과거의 문헌을 보면 드워프가 심심치 않게 용을 잡았다는 이야기도 있지."

드워프는 대장장이로 유명하지만 엄연히 자기가 만든 장비를 착용하고 싸우는 전사의 기질을 지니고 있었다.

수많은 고대 문헌에도 적혀 있는 내용이다.

다만 드워프를 노리는 이가 많아 도피 생활을 오래 하다 보니 그 기질을 잃어버린 감이 없지 않아 있었다.

도망자가 가지는 두려움, 공포가 본능마저 눌러 버린 것이다.

그리고 무영은 그러한 감정을 무마시킬 방법을 잘 알고 있었다.

바타스의 눈이 살짝 흔들렸다.

그라고 고대 드워프의 이야기를 모르겠나.

하지만 헛소리라고 치부하고 있었다.

종족 간의 우열은 너무나도 명확했다. 태생의 한계라는 건 정말로 존재했다.

그저 자신의 손재주로 용을 농락하는 것으로 만족하고 있었던 게 바타스다.

만약 드워프가 용을 사냥할 수 있었다면 그러지 않았을 이유가 없다. 사냥하지 못한다고 단정 짓고 있었기에 반쯤 포기해 버린 것이었다.

"언제까지 도망자로 살 셈이지? 용들이 드워프를 무시하고 계속해서 공격하는 이유는 그대들이 반격하지 않기 때문이다. 싸워라. 투쟁의 기회는 매번 주어지는 게 아니다."

무영은 차갑지만 날카롭게 심장을 후벼 팠다.

반격하지 않는 적.

그만큼 노리기 쉬운 사냥감이 있을까.

그저 도망만 다니는 게 능사가 아니다.

실제로 용은 강력하고 교만한 괴물이지만 사냥감을 선정하는 기준에 있어선 꽤 신중한 놈들이었다.

드워프가 적극적으로 반격을 하고 타격을 주는 데 성공했다면 용들도 쉽사리 건들지 못했으리라.

그러니 싸워라.

삶은 투쟁이고 싸움의 연속이다.

그러나 매번 기회가 주어지는 것도 아니었다.

이 기회마저 포기한다면 영원히 도망자로 살아갈 수밖에 없었다.

무영은 그리 말하고 있었다.

바타스의 몸이 가늘게 떨렸다.

용에게 반격을 꾀한다?

그간 수없이 상상했으나 실천해 본 적 없는 일이다.

다른 이가 이런 말을 했다면 개소리라며 무시했을 테지만 눈앞의 도깨비의 말은 묘하게 설득력이 느껴졌다.

다른 이들보다 더욱 진정성이 있었고 왜인지 내뱉는 말이 현실로 이뤄질 것만 같은 착각마저 들었다.

무영의 투기, 그리고 순수와 절대자의 별이 어우러져 만들어내는 현상이었다.

평소라면 더욱 신중하게 생각하고 결정을 하겠지만 바타스는 15일간 괴물들과 사투를 벌이느라 이성이 많이 무뎌진 상태였다.

"……용의 공격도 충분히 막아낼, 세상에서 가장 견고한 갑옷을 만들어주겠다."

"드워프를 세상에서 가장 용맹한 전사로 만들어주지."

거래가 성사됐다.

무영은 손을 내밀었고 둘이 손을 맞잡은 순간 반격이 시작되었다.

무영은 체계적으로 드워프의 훈련 방식을 고민했다.

종족이 다르니 훈련법도 다르게 해야 하는 법이었다.

팔도 짧고 다리도 짧은 비운의 종족이 드워프다.

하지만 체력이 좋고 무엇보다 근성이 있다.

처음부터 제법 강도 있는 훈련을 해도 충분히 따라올 수 있었다.

'두려움을 제거하는 가장 좋은 방법은 다른 생각이 들지 않도록 몰아붙이는 것이다.'

한계까지 쥐어짜 내고 은연중 용에 대한 공포심을 없애는 것이다.

용과 대치했을 때 생각보다 긴장감이 들지 않게끔.

만약 무영의 힘만으로 시간을 끌어야 했다면 아무리 갑옷이 좋아도 불가능한 일이지만 3만의 드워프가 적극 공세에 나서준다면 충분히 버틸 수 있을 터였다.

'해골 장신구에 용의 머리를 추가하면 제법 볼만하겠군.'

무영은 살짝 고개를 숙여 해골 장신구를 내려다봤다.

목걸이 형태로 무영의 목을 감고 있는 그것에 어느덧 축소된 트윈 헤드 오우거의 머리가 추가되어 있었다.

멀록왕의 유물 창고에서 얻은 물건이며 머리를 추가할 때마다 능력치가 오르는, 사용하기에 따라 등급 이상의 효율을 발휘하는 목걸이였다.

자세히 바라보자 곧 그에 따른 설명이 떠올랐다.

명칭: 해골 장신구

등급: A

분류: 장착형

내구: 16,842

효과: 미치광이 리치가 사용하던 장신구. 머리는 최대 다섯 개까지 늘릴 수 있다. 늘리는 방법은 대상의 목을 갈취해 장신구를 사용하면 자동으로 축소되어 해골 모양으로 추가된다.

　* 갈취한 대상의 머리에 따라 능력치 증가.

　* 현재 2종류의 머리 장착 중.

　* 적치호의 머리(힘, 민첩+4).

　* 트윈 헤드 오우거의 머리(힘+15).

힘을 무려 15이나 올려주는 효과가 추가됐다.

여기서 끝일 리 없다.

최대 다섯 개.

아직 세 종류의 머리를 더 추가할 수 있다는 뜻이다.

용의 머리를 추가할 수 있다면 어떤 효과를 받을지 상상조차 되지 않았다.

"정말 이런 걸 착용시킬 생각입니까?"

옆에서 칼무흐가 무거운 철구를 들고 걱정스럽게 물었다.

드워프는 체력이 뛰어나다. 몰아붙이는 데 시간이 걸린다.

그러니 무거운 철구를 채워서 한계를 시험할 셈이었다.

처음에는 반발할 수도 있겠지만 이내 동질감을 느끼게 될 것이다.

"언제 다 완성되지?"

"크게 어려운 작업이 아닌 데다 다수의 드워프가 매달리고 있어서 반나절이면 끝날 겁니다만……. 이건 노예에게나 착용시키는 물건이 아닙니까?"

"지금의 드워프는 노예와 다를 바 없다. 고랑을 스스로 끊어낼 정도가 되지 않으면 영원히 노예로 남겠지."

아아.

칼무흐가 조용히 고개를 끄덕였다.

이 철구는 엄밀히 말하자면 일종의 시험이었다.

노예로서가 아닌 스스로의 투쟁을 시키는 게 목적이었다.

무영은 눈을 감고 명상에 잠겼다.

트윈 헤드 오우거에게 당한 겉의 상처는 완치가 되었지만 내부가 한차례 진탕되었다.

이를 안정화하려거든 스스로 내부를 살필 필요가 있었다.

3만의 드워프가 무거운 철구를 차고 모여 있는 모습은 꽤 장관이었다.

그리고 예상외인 건 생각보다 반발이 적었다.

연맹의 로드인 바타스가 무영을 두둔했기 때문일까.

바타스가 갑옷을 만들고 있는 사이, 칼무흐와 무영은 순식간에 2인자로 부상했다.

이 또한 바타스가 연맹을 꽉 잡고 있었기에 가능한 일이었다.

'잘됐군.'

즉시 시작할 수 있다면 이보다 좋은 경우가 없다.

철그럭.

드워프가 움직일 때마다 철구가 소리를 냈다.

족히 50kg 이상 나가는 물건이 양다리를 묶고 있었으니 당연한 일.

과연 무슨 훈련을 시킬지에 대한 관심이 모아진 가운데 무영은 짤막하게 말했다.

"뛰어라."

반나절 내내 성을 뛰어다니자 모든 드워프가 몸져누웠다.

하지만 고작 뛰는 게 전부일 리 없다.

"서로 싸워라. 열 명, 백 명, 천 명 단위로 서열을 두겠다."

서열을 두고 소, 중, 대만큼 숫자를 분배해서 효율적으로 써먹을 생각이었다.

드워프들은 이런 체계가 전무해서 비상시에 빠르게 대처

할 수가 없었다.

문이 뚫렸을 때 허둥대며 한참이나 시간을 잡아먹지 않았던가.

다시 그런 꼴을 볼 수는 없는 노릇이었다.

드워프가 서로의 눈치를 봤다.

'아수라도.'

그렇다고 방법이 없진 않았다.

무영은 아수라도를 개방했다.

멀록왕 멀더던과 수많은 미친 망령이 튀어나왔다.

-오오, 맛있어 보이는 드워프로구나!

"저들을 싸우게 만들어라."

-음? 망자로 만드는 게 아니란 말이냐?

"아니다."

-아쉽군.

멀더던이 입맛을 다시며 움직이자 망령들이 퍼지기 시작했다.

퍼억!

아수라도의 미친 망령들이 드워프의 정신에 개입했고 한 명이 움직인 순간 삼만의 드워프가 서로 엉키며 싸우기 시작했다.

정신 지배 계열에 이토록 무력한 모습이라니.

절로 웃음이 나왔지만 그만큼 정신력의 한계에 달해 있었다는 의미다.

무영은 고개를 주억이며 싸움이 끝나길 기다렸다.

단순히 내적으로 강해지는 것 외에도 그들에게 주어진 시련이 있었다.

바로 괴물의 침입이다.

무영이 온 시점을 기준으로 괴물이 쳐들어오지 않으면 의심을 받을 수밖에 없었기에 꾸준히 괴물을 유입시킬 필요가 있었다.

그리고 그 역할을 우히와 언데드들이 맡고 있었는데 조금 늦게나마 수십 마리의 적치호를 몰아왔다.

적치호는 붉은 털을 가진 거대한 사자와 비슷한 괴물로 무자비한 사냥꾼이란 별명으로 더욱 유명한 괴물이었다.

"용보다 적치호가 더욱 잔인하게 드워프를 유린할 수 있다. 싸우지 않으면 당한다."

무영은 팔짱을 낀 채 방관했다.

조금씩 용을 깎아내리며 저들의 인상에서 용에 대한 공포심을 깎아 나갈 작정이었다.

쉴 새 없이 드워프를 몰아붙인 탓에 그들의 이성은 반 이상 날아가 있었다.

꾸준히 망령들이 자극을 줘서 제법 물이 올라 있는 상태였다.

싸우지 않으면 먹이가 된다.

모든 건 투쟁의 연속이었다. 드워프들도 조금씩 그것을 깨달아 가는 중이었다.

그르르르!

이상을 느낀 적치호가 한 발자국 물러났다.

그러나 순식간에 드워프들이 적치호를 둘러쌌다.

'역시 드워프는 전사의 기질이 있다.'

숨겨진 기질이 드디어 싹을 틔운 것이다.

몰아붙인 효과가 있었다.

미쳤다. 미쳐야 했다. 미치지 않으면 버틸 수 없었다.

장장 한 달여.

드워프들은 완전히 개조되었다.

한 달 만에 은거를 깨고 나온 바타스마저 눈을 휘둥그렇게 뜰 수밖에 없었다.

"흐아아압!"

"죽엇!"

"크하하하!"

서로가 진짜 무기를 든 채 죽일 듯이 싸우고 있었다.

예의 순박함은 찾아볼 수 없고 독기만 가득했다.

"갑옷이 완성된 모양이군."

무영이 천천히 다가와서 말하자 바타스가 더듬으며 말했다.

"이게 대체…… 대체 어떻게 된 일이냐?"

"전사로 만들어준다 하지 않았던가?"

"전사……."

꿀꺽!

바타스가 침을 꼴깍 삼켰다.

분명히 저들은 전사였다.

하지만 아무리 봐도 일반적인 전사는 아닌 것 같았다.

그래도 분명 장족의 발전이었다.

괴물들의 사체가 성 중심부에 그득히 쌓여 있는 걸 보면 제대로 드워프를 훈련시킨 듯싶었다.

"받아라. 불사조의 심장으로 만든 갑옷이다."

바타스의 눈가엔 검은색 기미가 가득했다.

한 달간 잠도 못 자고 이것에만 몰두한 탓이다.

바타스가 피곤한 표정으로 무겁게 이고 온 갑옷을 무영에게 넘겼다.

곧 무영의 눈에 이채가 생겼다.

'드디어.'

용의 뼈로 태가 잡힌 갑옷을 들자 뜨거운 화기가 무영을 집어삼켰다.

마치 살아 있는 것처럼 갑옷의 심장이 뛰고 있었다.

갑옷을 바라보는 무영의 심장도 덩달아 뛰기 시작했다.

'뜨겁다.'

작은 불꽃이 갑옷에 튀고 있었다.

불사조는 불의 극한에 달한 괴물.

불사조의 모든 힘은 심장에서 나오니 당연한 일이었다.

바타스는 입맛을 다시며 말했다.

"몇 번 불사조의 심장을 본 적이 있으나 그와 같은 건 본적이 없다. 단순한 불이 아닌 모든 형질을 갖고 있더군. 대체 어디서 구한 것이냐?"

헤들리의 소는 자유자재로 변신할 수 있다.

변신한 생명체, 그 자체가 되는 것이다.

최대치가 불사조이긴 하지만 속성에는 제약이 없었다.

무영이 답하지 않자 그럴 줄 알았다는 듯 바타스가 말을 이었다.

"어쨌건 그 갑옷은 불완전하다. 완성되지 않았다."

"불완전하다고?"

이번엔 무영의 목소리가 낮아졌다.

건네받은 갑옷은 흠잡을 곳 하나 없이 아름다운 외관이었다.

적어도 무영이 보기에 내외적인 문제는 없었다.

하지만 바타스는 신의 손.

그의 의견이 맞을 것이다. 불완전하다면 그 이유를 알아야 했다.

"특정한 형질을 갖추지 못했다는 뜻이다. 지금은 불의 기운이 강해 다른 형질을 억누르고 있다만 그것도 오래가진 못하겠지."

"그럼 어떻게 되지?"

"모른다. 파괴될 수도 있고 착용자를 자멸의 길로 이끌 수도 있고 아니면 '지저'로 끌려갈 수도 있겠지. 지저로 연결되는 균열은 거대한 혼돈 속에서 태어나니."

지저는 그림자 괴물들이 살아가는 세계다.

이면 세계라고도 불리며 그곳에서 나타난 괴물은 강하지 않은 게 없다.

일전 '움의 시련'에서 그림자 죄인이 나타난 것처럼 그 파괴력은 모두를 농락할 정도다.

무영은 이면의 주인 11명이 저 이면 세계에서 활동하던 그림자들이 아닐까 조금이나마 예상하고 있었다.

또한 지저가 열리고 닫히는 기준은 없다.

그냥 어느 순간 어느 장소에서 균열이 생기고 지저로 연결되면 그곳의 그림자 괴물들이 쏟아져 나온다.

멀쩡하던 사람이 지저로 끌려가는 일도 적지 않았다.

바타스는 그 지저를 언급한 것이다.

지저가 혼돈 속에서 태어난다고 하였다. 이 갑옷으로 말미암아 그러한 혼돈이 일어날 수 있다는 뜻이다.

어느 쪽이든 무영이 바라는 결말은 아니었다.

"형질을 고정시킬 방법은 없나?"

"사용자의 피. 말하자면 너의 피를 각인하는 방법이다. 어차피 네가 사용할 물건, 너에게 맞도록 형질을 고정시키는 것이지. 오로지 너만이 착용할 수 있는 방어구가 완성될 것이다. 문제는…….”

오로지 무영만이 착용할 수 있는 갑옷!

바라는 바였다. 맞춤형이란 그만큼의 효율을 발휘하는 법이다.

그러나 바타스가 뒷말을 흐리는 게 걸렸다.

조용히 눈을 마주하자 바타스가 한숨을 내쉬었다.

“네가 가진 특색이 불사조의 심장보다 못한다면 잡아먹힐 것이다. 순식간에 몸이 불타서 사라질 수도 있다. 왜 그런 갑옷이 완성되었는지 나조차 모르겠구나. 마검이 아닌 마갑이라, 허.”

무언가가 쓰인다면 그것은 누군가를 베어낼 수 있는 무기류다.

갑옷에 이상이 일어나는 경우는 거의 없었다.

그리고 마검이라 칭해지는 물건은 보통 사용자에게 제약을 가하며 힘을 발휘하는 검이었다.

갑옷은 애당초 사용자를 지키기 위해 존재하는 물건.

마가 쓰일 이유가 없는 것이다.

한데 바타스는 이 갑옷을 마갑이라 칭한다.

‘나를 잡아먹고 싶느냐?’

무영은 가만히 갑옷을 내려다봤다.

작은 불꽃이 스멀스멀 올라와 어느덧 무영의 어깨까지 닿았다.

굶주린 듯 무영의 근원 자체를 탐하고 있었다.

무영은 작게 웃고 말았다.

고작 갑옷 따위가 자신의 목숨을 노려온다.

착용되어지기 위해 태어난 갑옷이 자신을 죽이려 한다.

이 모순적인 일에 비웃음만 나왔다.

아서라.

무영은 순간 웃음기를 지웠다.

천천히 갑옷을 착용하기 시작했다.

그것을 본 바타스의 눈이 커졌다.

"자, 잠깐! 함부로 입어선 안 된다. 그 갑옷엔 마가 꼈다. 길들이지 않고 먼저 착용하면 반드시 화가 미칠 것이다!"

바타스는 급했다.

그는 신의 손이다. 허투루 갑옷을 만들었을 리 없다.

오히려 평소보다 좋은 결과물이라 할 수 있었다.

하지만 저 갑옷은 엄연히 말해서 미완성작이다.

누군가가 착용할 수 없는 갑옷을 내놓는 건 바타스에게 있어서 수치와 같았다.

다만, 시간이 없었기에, 약속이었기에 도리가 없었을 따름이었다.

그것을 저렇게 바로 입으려 할 줄은 몰랐다.

하나 무영은 바타스의 말을 콧등으로도 듣지 않았다.

화르르륵!

갑옷을 마저 착용한 즉시 전신이 타올랐다.

불꽃이 스며들며 피부를 찢었다.

흐르는 피가 갑옷에 스며들자 불꽃은 더욱 거세게 타올랐다.

곧 무영의 심상 속으로 거대한 불꽃의 이미지가 비쳤다.

저것이 불사조의 심장이다.

무영을 잡아먹으려는 심장의 의지였다.

'너는 나를 잡아먹을 수 없다.'

하나 무영에게 있어서 장비는 도구에 불과하다.

누군가를 죽이고 자신을 지킬 도구.

자신이 사용할 도구에게 의지는 필요 없다.

'그저 따르라.'

갑옷에 스며든 피는 매개체가 되어 무영의 명령을 날랐다.

작은 의지가 순식간에 커졌다.

무영의 의지가 불사조의 심장이 내보낸 심상을 순식간에 뛰어넘었다.

심장은 갑옷의 자아였다.

평범한 이라면 그 자아를 제압하고 다독였을 터다.

하지만 무영의 생각은 달랐다.

장비에 의지는 필요 없다. 장비에 의지가 있어선 안 된다.

에고(ego)는 오로지 그 장비를 사용하는 사용자에게 주어진 권리.

장비를 어찌 사용하건 그것은 사용자 나름이었다.

하물며 이미 한 번 이빨을 드러낸 놈.

무영은 갑옷이 가진 자아를 태웠다. 없앴다.

끼아아아아아악!

불사조인가, 아니면 헤들리의 소인가.

갑옷이 단말마를 내질렀다.

무영은 자아가 있던 자리에 자신의 힘을 심었다.

그것은 죽음의 힘이었다.

이미 한 번 죽음을 거슬러 왔기에 사용 가능한 무영만이 발휘할 수 있는 힘!

그 찰나였다.

〈불사조의 자아가 소멸했습니다.〉

〈죽음의 힘이 불사조의 심장을 뒤덮습니다.〉

〈극한에 이른 불꽃은 생명의 본질. 죽음의 힘과는 결코 양립할 수 없으나 초월적인 의지가 그것을 가능케 합니다.〉

〈살아 있으나 살아 있지 않고, 죽었으나 죽지 않은 자.〉

〈'불멸왕'의 힘이 새로이 새겨집니다.〉

〈'불멸왕의 흉갑'이 완성됐습니다!〉

갑옷에서 새어 나오는 불꽃의 색깔이 검은색으로 뒤바뀌었다.

마치 검은 안개를 뿜어내는 형상의 흉갑.

가만히 쳐다보자 갑주의 정보가 튀어나왔다.

명칭: 불멸왕의 흉갑

등급: S+

분류: 장착형

내구: 파괴 불가

효과: 죽지 않는 자. 불멸왕의 힘이 깃든 흉갑.

* 사용자 '무영'만 착용 가능.

* 힘 +15

* 투기 +30

* 체력 +50

* 마법 저항 +80

* 투기에 따라 자연 치유력 증가(현재 +154%).

** 불멸왕의 힘을 가진 무구 3개를 모을 시 모든 능력치 +50

** 불멸왕의 힘을 가진 무구 5개를 모을 시 한 차례 '죽음 역전' 사용 가능.

무영은 몇 번이나 갑옷의 정보를 확인했다.

A등급과 S등급의 차이는 현격하다.

그리고 S등급부터는 + 하나의 존재가 더욱 현격한 차이를 이야기한다.

무영이 기대한 건 기껏해야 A+++등급에서 최대 S등급이었다.

그 이상의 장비는 아무리 과거의 기억이 있더라도 천운이 닿지 않는 한 얻는 게 불가능하기 때문이다.

그런데 S+등급이라니.

거기에 걸맞은 능력마저 지니고 있었다.

'허……'

무영의 전신이 가늘게 떨렸다.

이만한 장비를 가진 길드는 극소수다.

세가나 길드의 장이 아니면 구경조차 못 하는 게 현실이었다. 인류 10강, 혹은 윙 청린과 같이 특수한 자만이 그러한 물건을 소지할 수 있었다.

약자가 가진 보물은 강탈당하게 마련이므로.

만약 누군가가 지금의 무영을 발견한다면 어떻게든 죽이고 갑옷을 빼앗을 궁리를 할 것이었다.

무영보다 강한 자는 세고 셌다.

이제 고작 1차 각성을 마쳤을 따름이다. 최소한 3차 각성까진 이뤄야 강자의 반열에 발을 들일 수 있었다.

다행히 이곳은 마신의 영역이다.

또한 갑옷은 무영만 착용할 수 있었다.

당장 보물에 대한 걱정은 하지 않아도 된다는 말.

'세트 장비다.'

거기에 한 술 더 떠 세트 옵션이 붙어 있었다.

3개와 5개를 착용할 시 그에 대한 추가 효과가 있다는 뜻이었다.

무엇보다 궁금한 건 5개를 모을 때 발생하는 '죽음 역전'이었다.

한 차례만 발생한다는 걸로 보아 죽음을 거부하는 능력일 가능성이 높다.

'부활의 권능은 성녀가 발휘하는 이적, 위시로도 불가능했던 일이다.'

죽은 자를 온전하게 되살린다.

있을 수 없다.

언데드라면 몰라도.

마왕군을 몇 개나 깨부순 '위시'조차 부활은 불가능했다.

만약 무영의 예상이 맞는다면 이는 누구나 기겁할 일이었다.

예비 목숨이 하나 있다는 건 그것만으로도 더할 나위 없이 매혹적인 일.

새어 나가는 순간 거대 집단 모두가 눈에 불을 켜고 달려들 터였다.

더해, 가공할 능력치가 추가되자 무영은 머릿속이 뻥 뚫린 기분이 되었다.

다음 '벽'을 조금이나마 맛본 그런 기분.

즉시 능력치창을 살피고서야 그 이유를 알 수 있었다.

능력치 -〉

힘 198(115+83)

민첩 162(109+53)

체력 210(108+102)

지능 116(74+42)

지혜 112(70+42)

투기 154(66+88)

마법 저항 202(54+148)

망혼력 101(53+48)

체력이 200을 넘겼다.

순수 능력치로는 어림도 없지만 각종 전승 효과와 장비 효과로 인해 2배가량이 늘어난 것이다.

힘 역시 그에 근접한 수치였다.

'이러다가 보조 능력치가 순수 능력치를 넘어서겠군.'

한 차례 어깨를 으쓱해 보였다.

그렇다고 스스로의 성장을 등한시할 생각도 없었다.

"갑옷의 형질이…… 완전 달라졌군."

눈을 돌리자 바타스가 믿기지 않는다는 듯이 중얼거렸다.

불사조의 자아를 지운 것으로도 모자라 자신의 색깔로 확실하게 채워 넣었다.

이게 가능한 일인가?

심장이 가진 가공할 힘을 온전히 물들였다.

불완전하다 여긴 갑옷이 어느덧 완전해졌다.

그저 무영이 착용한 것만으로도 그리 되었다.

상상조차 하지 못한 일.

움, 도깨비의 지배자.

정녕 그게 전부일까?

"대체 무슨 마법을 부린 거냐? 불사조의 힘마저 눌러 버리다니!"

무영이 작은 미소와 함께 바타스를 바라봤다.

"장비는 그저 도구일 뿐이다."

바타스가 멈칫했다.

동의할 수 없었다.

그는 드워프였고 그의 손에서 태어난 장비는 모두 자식과 같았다.

그저 도구일 뿐이라는 말이 비수가 되어 가슴팍을 쑤셨다.

하지만 무영은 냉소 지을 뿐이었다.

손과 발이 되어 움직여야 할 도구에 감정을 이입하면 그 순간 휘둘리게 된다.

불사조의 자아마저 지워 버린 건 그러한 까닭이었다.

"바타스, 연맹의 로드여. 마룡살상포는 준비되어 가는가?"

무영은 화제를 돌렸다.

드워프의 전사화도 거의 이루어졌고 불멸왕의 흉갑도 얻었다.

이제 남은 건 암흑룡 바르사.

놈의 공격을 막는 것이다.

바르사가 이대로 이곳을 발견하지 못하리란 생각은 들지 않았다.

'악마의 긴 밤'이 시작되기 전에 분명히 타격이 들어올 터.

바타스가 크게 한숨을 내쉬며 고개를 주억였다.

"최대한 포의 발사 시간을 줄여봤지만 그래도 60초는 필요하다. 60초면 용이 눈치채고 벗어나기에 충분한 시간이지."

"30초."

"뭐?"

"30초로 줄여라. 그 시간 동안은 확실하게 바르사의 발을 묶어주마."

무영이 호언장담했다.

바르사가 곧장 이곳을 쳐들어오진 않는다.

하나 길어야 두 달이다.

바르사는 드워프의 거점을 거의 확실하게 알고 움직이는 중이었다.

몇 차례만 돌다 보면 곧장 북쪽을 향하겠지.

그 안에 해결을 봐야 한다.

'1초의 시간이 승부를 가르겠지.'

무영의 눈빛이 깊게 가라앉았다.

1초. 어쩌면 그 이하의 시간 차이로 승자와 패자가 갈릴 것이다.

모든 힘을 총동원해도 확신할 수 없는 일.

전신의 근육이 조금씩 수축하고 이완되며 긴장감을 토해 냈다.

암흑룡 바르사와의 전쟁은, 이미 시작되었다.

23장
드워프의 성전

우히가 입술을 쭉 내밀었다.

무영의 부탁으로 괴물을 유인하는 역할을 맡았지만 그 일이 생각보다 어려웠던 탓이다.

"우히는 일하기 싫어요……."

화염의 복수자.

플레임 뮤턴트의 어깨 위에 올라탄 우히가 투정을 부렸다.

애당초 극도의 게으름을 지닌 게 우히다.

부지런했다면 무한의 전장을 만드는 데 그토록 오랜 시간이 걸렸을 리 없다.

하여 우히는 고민했다.

뭔가 색다른 게 없을까?

언데드는 그냥 명령을 들을 뿐이고 유인하는 일도 슬슬 지루해지는 참이었다.

'어? 저게 뭐지?'

한창 다음 대상을 물색하고자 눈길 위를 배회하던 때였다.

우히의 눈에 까만색 상자 하나가 눈에 들어왔다.

'미믹이다!'

상자의 정체를 깨달은 우히의 눈이 반짝반짝 빛났다.

미믹은 상자 종류의 괴물.

본래는 고위급의 마법사가 보물 상자에 걸어놓던 보안 마법과 같았다.

누군가가 상자에 손을 대면 자동으로 방어하도록 만들어진 괴물인 것이다.

미믹이 왜 이런 곳에 있는지는 모르겠지만 그런 건 우히의 관심사가 아니었다.

우히는 즉시 손을 뻗어 뮤턴트들에게 명했다.

"저거 밟아버려!"

우어어어어!

뮤턴트들이 느릿하게 움직이며 미믹의 주변을 감쌌다.

미믹은 보통 상자를 열 때 튀어나오는데 뮤턴트가 괴력으로 짓밟자 버틸 재간이 없었다.

곧 반파된 상자 사이로 번쩍번쩍한 금화들이 튀어나오자 우히가 재빨리 날아가 그것을 손에 쥐었다.

"우히히히히!"

반지와 서클렛, 알 수 없는 문양이 새겨진 갖은 금화까지!

우히도 엄연히 여성체다. 반짝이는 걸 좋아했다.

촤르르륵!

곧이어 보물들이 쏟아져 나왔고 우히는 그 위에 첨벙 뛰어들었다.

"아우, 안락하다. 집이 있다면 이런 느낌으로 꾸미고 싶어."

보물을 침대 삼아 누워 우히가 팔짱을 끼곤 하늘을 올려다봤다.

만약 '집'을 얻을 수만 있다면 이렇게 보물로 가득 채우고픈 작은 소망이 우히에겐 있었다.

누구보다 화려하고 멋진 집!

'서방님, 우리 아름답게 살아요. 우히히.'

황금빛 미래를 그리는 것만으로도 웃음이 멈추지 않았다.

거대한 집, 그 안에 가득 찬 보물, 그리고 무영만 있다면 세상 부러울 게 없을 것 같았다.

그 순간이었다.

쉐에에에엥!

하늘 위로 검은색의 거대한 생명체가 쏜살같이 지나갔다.

그 주변으로 수많은 공중형 괴물이 함께하고 있었다.

워낙 창졸지간에 벌어진 일이라 우히도 바로 반응하진 못했다.

하지만 구름에 새겨진 궤적을 보고 나서야 우히의 얼굴이 굳어버렸다.

"아, 암흑룡 바르사!"

암흑룡 바르사가 북쪽 지대에 모습을 드러냈다.

성에 들어오고 68일째.

"목숨을 걸고 덤벼들라. 용이 별게 아니라는 걸 깨닫게 해주마."

무영은 여전히 드워프들에게 강도 높은 수련을 시키고 있었다.

10명씩 짝을 지어 덤벼들도록 명한 것이다.

쿵! 쿵!

드워프들은 박자에 맞춰 방패와 검을 두드렸다.

드워프 자체는 고작 중급에 머무는 괴물이지만 좋은 장비를 착용한 드워프는 그 이상의 힘을 발휘하는 법.

10명이라도 무영 역시 긴장의 끈을 놓아선 안 됐다.

'불멸왕의 흉갑이 없었다면 힘들었겠지.'

무영의 진짜 힘은 망령과 언데드들에게서 나온다.

하지만 드워프를 상대하는 건 오로지 무영 본신의 힘이었다.

거기서 불멸왕의 흉갑이 빛을 발했다.

우선 압도적인 방어력.

드워프의 공격은 작은 흠조차 내지 못했다.

드워프뿐만이 아니라 악령 포식자 타칸의 공격마저 무효화시킬 수준이었다.

'하지만 무적은 아니다.'

착용자인 무영은 알 수 있었다.

암흑룡 바르사의 공격까지 온전하게 막아낼 수 있진 않으리라고.

파괴 불가라는 건 어디까지나 자연적인 요인에 의한 것이다. 내구가 닳아서 파괴될 일은 없다는 뜻이고 외부에서 강한 충격을 받으면 세상 어떠한 무구도 부서지거나 깨지게 되어 있었다.

하나 자연적인 치유력도 크게 올라서 마치 트롤이 된 기분이었다.

소모된 체력은 한두 시간만 쉬어도 원래의 수준으로 돌아왔다.

웬만한 상처는 반나절 안에 나았다.

'세트 장비를 모을 수만 있다면……'

갑옷 하나를 착용한 게 전부인데 무영의 힘이 비약적으로 상승했다.

불멸왕의 힘이 깃든 4개의 무구를 더 모으면 얼마나 강해질지는 상상도 안 된다.

하나 이 부분은 무영도 확신할 수가 없었다.

내심 고개를 저었다.

'왜 불멸왕의 힘이 깃들고 세트로 평가를 받았는지 알 수 없다.'

불멸왕.

들어본 적도 없는 이름이다.

한 번 죽음을 경험하고 돌아온 무영이라면 어떤 의미에선 불멸이라 칭할 수 있을 테지만 자신의 힘이 그만한 특색을 발휘할 수 있으리라곤 생각도 못한 탓이다.

당시를 회상해 보면 묘한 느낌이긴 하였다.

다시 재현해 보라면 아마 하지 못할 것이다.

불사조의 심장을 제압하고 자신의 색깔로 채워 넣는 일.

마치 누군가에게 홀린 것처럼 진행했던 기분이었다.

쿵! 쿵! 쿵!

드워프들이 요란하게 방패와 무기를 쳐 댔다. 싸우기 전 무영에게 보내는 일종의 예우 같은 것이었다. 무영을 진짜 전사로 인정한다는 드워프의 전통적인 방식이다.

이어 10명의 드워프가 발을 뗐다.

무영도 잡념을 지우고 전투에 집중했다.

불현듯 찾아온 우히만 아니었다면 치열한 접전을 벌였을 것이다.

"서방님! 서방님! 큰일 났어요!

황금 반지를 목에 두르고 황금 목걸이를 배에 두른 우히가 쏜살같이 날아왔다.

"무슨 일이지?"

꿀꺽!

무영이 묻자 우히가 침을 삼켰다.

"헉! 헉! 큰일 났어요. 이러고 있을 때가 아녜요!"

"이러고 있을 때가 아니다?"

"바르사, 바르사가 나타났어요!"

우히의 발언은 파급력이 컸다.

"암흑룡 바르사!"

"결국 나타난 건가."

무영을 비롯한 주변의 모든 드워프가 웅성대기 시작한 것이다.

하지만 전처럼 겁을 먹지는 않았다.

'세뇌의 효과지.'

은연중 '용은 별게 아니다'라며 무영은 드워프들을 세뇌시켰다.

한계까지 몰아넣은 뒤 한마디씩 툭툭 던지는 것만으로도 충분하다.

심상에 새겨진 한마디는 어느덧 본능마저 지배해 버리게 마련이었다.

무영은 정색하며 물었다.

"놈의 위치는?"

"거의 다 왔어요. 지금은 정비를 하고 있을 거여요. 우히가 최대한 가까이 다가가 보려고 했는데 바르사가 눈치를 채서 그럴 수가 없었어요. 대신 다른 괴물들은 봤어요. 막 와이번도 있었고요, 윈드 라이드나 천둥박쥐도 있었고요…….”

횡성수설.

우히의 몸이 떨렸다.

그럴 수밖에 없는 게 요정이라고 모든 공격을 받지 않는 건 아니었다.

용과 같은 태생부터가 반초월종인 괴물은 요정이나 요정이 만든 시련을 장난감처럼 파괴해 버리기도 하였다.

이미 수많은 요정이 용에게 당한 전과가 있으니 두렵지 않다면 거짓이었다.

하지만 용기를 내서 근방까지 확인하고 온 것이다.

“고생했다.”

무영은 한 차례 우히의 머리에 손을 얹었다.

그러자 우히의 떨림이 조금씩 멎어갔다.

이후 돌아서며 외쳤다.

“성전을 준비하라!”

이 싸움은 드워프와 용 간의 지긋지긋한 관계를 끊어낼 성전이었다.

쿠우우웅!

드워프들이 굳은 얼굴로 방패를 바닥에 내리찍었다.

무영에 의해 전사로서 거듭난 드워프들에게 더 이상 용은 피해야 할 상대가 아니었다.

부딪치고 이겨내야 할 시련이었다.

바로 그때였다.

〈'드워프의 성전'이 시작되었습니다.〉

〈세 자루 곡괭이 연맹은 드워프의 모든 조합 중 가장 커다란 규모를 자랑합니다. 그들이 용과의 악습을 없애고자 일어났습니다.〉

〈그들을 도와 바르사를 상대하십시오. 암흑룡 바르사는 다수의 공중형 괴물과 함께 성을 침략할 것입니다.〉

〈성과에 따라 보상이 지급됩니다.〉

〈아군의 숫자를 표시합니다.〉

〈드워프 23,777명〉

〈상대의 숫자를 표시합니다.〉

〈암흑룡 바르사, 와이번 688마리, 윈드 라이더 1,224마리, 천둥박쥐 2,447마리〉

드워프의 성전!

아예 업적으로 떠버렸다.

이 일을 해결하면 수많은 이점을 얻을 수 있다는 말.

하지만 쉽지 않은 일이었다.

'암흑룡 바르사가 괴물들을 대동했다…….'

용은 본래 혼자서 움직이는 괴물이다.

하지만 마음먹기에 따라선 수많은 괴물을 부릴 수도 있었다.

용이란 그런 존재다.

먹이사슬의 가장 위에 있는 괴물 중의 괴물!

저만한 숫자를 대동했다면 아예 드워프를 파멸시켜 버리기로 작정했다는 뜻이다.

아마도 그간 바타스의 낚시에 걸려 화가 제대로 난 듯싶었다.

"성으로 올라라!"

"포를 준비해라!"

드워프들이 일사분란하게 움직이기 시작했다.

무영에 의해 체계가 바뀌며 더욱 효과적으로 일을 분배할 수 있게 된 덕이다.

68일밖에 안 됐다지만 이들은 필사적이었다.

이어, 족히 20m를 넘어가는 거대한 성벽이 빛나며 마방진이 새겨졌다.

용의 공격에서 최대한 버티고자 설계된 벽.

쉽게 무너질 리는 없었다.

드워프들이 성벽에 올라 수백 개의 포를 장전했다.

나머지 드워프는 포를 지키거나 활을 들었다.

'이겨야 한다.'

무영은 주먹을 으스러지게 쥐었다.

자신의 모든 역량을 발휘해도 이길 수 있을지 없을지 모른다.

그러나 해야 했다.

안 되도 되게 만들어야 했다.

"용 사냥이라! 악령들의 왕인 내 상대로 부족함이 없다. 벌써부터 근질거리는구나!"

타칸. 악령 포식자이며 켈베로스를 다루는 그는 분명히 강하다.

하지만 치명적인 단점이 있었다.

상대의 강함을 제대로 인지하지 못하고 덤벼든다는 것.

지금 바르사를 그가 상대해 봐야 박살만 날 따름이었다.

"너는 따로 할 일이 있다."

무영은 냉정하게 말했다.

그러자 타칸이 고개를 갸웃했다.

"용을 상대하는 게 내 일 아니었나?"

"지금은 아니다."

"그럼?"

"너는 적을 분산시키는 역을 맡아줘야겠다. 뮤턴트들과 함께 적의 뒤를 쳐라."

암흑룡 바르사는 전략이나 전술을 모른다. 아마도 한 번에 몰아붙이겠지.

하지만 그래선 위험하다. 적들의 숫자가 생각보다 많았고 공중형 괴물은 드워프의 천적과도 다름없었다.

조금이라도 숫자를 분산시켜서 승률을 높일 필요가 있었다.

타칸이 힘겹게 납득하였다.

"흠……. 왕으로서 마음에 들지는 않지만 그대가 원한다면 그리하마. 그런데, 무영. 너는 이곳에 있을 셈인가?"

"나는 이곳을 지휘한다."

드워프들이 바뀔 수 있었던 이유는 온전히 무영에게 있었다.

무영이 자리를 비우면 사기가 크게 내려갈 터.

이만한 숫자를 지휘해서 싸우는 건 무영에게도 처음 있는 일이었다.

하지만 처음이라고 해본 적 없다고 허술하게 할 수는 없었다.

스릉!

무영이 비탄과 흉신의 검을 꺼냈다.

그와 동시에 하늘에서 까만 점들이 물밀듯이 들이닥치기 시작했다.

그 필두에 암흑룡 바르사가 있었다.

'이겨주마.'

과거에도 용을 상대해 보지 않은 건 아니다.

용군주를 상대할 때 그가 길들인 마룡은 최대 걸림돌이었다. 기감이 뛰어나고 그 자체만으로도 강력하여 초월종마저 사냥해 낼 정도였다.

하지만 그 강력했던 마룡도 완전하진 않았다.

결국 용군주는 무영에게 암살당했고 그 뒤 마룡도 죽었다.

함께 있을 땐 무적인 줄 알았으나 따로따로 상대하니 생각처럼 어렵진 않았다.

이번 싸움은 그때에 비하면 훨씬 상황이 좋다.

적어도 무영이 다룰 수 있는 패가 많으니까.

본신의 힘은 과거에 한참 못 미친다지만 그때의 어려움에 비하면 한결 수월했다.

무영이 바르사에게 시선을 고정했다.

쿠와아아아앙!

암흑룡 바르사가 거친 입김을 뿜어냈다.

용의 숨결이라 불리는 용이 지닌 최강의 공격!

쿠르르르르릉!

거대한 성벽이 흔들리기 시작했다.

신의 손 바타스가 심혈을 기울여 만든 성벽은 놀랍게도 당장에 무너지진 않았다. 수십 개의 마법진이 중첩되며 떠올라 용의 숨결로부터 자신을 보호하고 있었다.

'아름답군.'

푸른색의 마법진 수십 개가 동시에 떠오르는 광경은 무영의 심미안으로도 충분히 아름다운 것이었다.

그 숫자가 정확히 50개였다.

50개의 벽을 아주 얇은 간격으로 촘촘히 세워둔 것과 다를 바 없었다.

바타스는 과연 신의 손이라 불릴 자격이 있었다.

건축과 마법의 조예를 함께 갖추고 있었으니 저런 기예가 가능한 것이다.

쩡! 쩡! 쩌어엉!

하지만 50개의 벽도 무한정 용의 숨결을 버틸 순 없었다.

한 개가 깨지고, 두 개가 깨지고, 순식간에 세 개의 벽이 허물어졌다.

벽만 거대한 게 아니라 바르사도 거대했다.

완전히 자란 용은 최대 30m까지도 큰다.

바르사는 그보다 약간 작았지만 충분히 가공할 크기였다.

'용군주가 길들였던 마룡…… 아르키사보단 못하다.'

그래도 희망이 있다면 무영은 저보다 강력한 용을 상대해 본 적이 있다는 점이었다.

마룡 아르키사.

마신의 영역, 그중에서도 금지라 불리는 영역 '어둠이 쏟아지는 활화산'의 주인이었던 그놈은 그야말로 폭군이었다.

어떠한 생명체의 접근도 마다했으며, 리치들을 부리며 죽음의 영역을 꾸려 나갔다.

수많은 길드가 어둠이 쏟아지는 활화산을 정복하고자 대인원을 내보냈지만 모두 실패했다.

이후 보복을 위해 아르키사는 죽음의 군단을 이끌고 인간의 영역을 침범하였다.

그렇게 아르키사가 멸망시킨 거대 길드나 세가가 스무 곳이 넘어간다.

모든 조직 서열의 판도가 바뀌게 된 일이었다.

능히 최상위급 5단계와 초월종의 사이에 있었던 괴수.

인류 10강 중 일곱이 나서서야 겨우 놈을 제압할 수 있었다.

하지만 죽이진 못했다.

아르키사는 멀리 도망갔고 이후 용군주가 어떻게 놈을 발견하여 길들였는지 아는 사람은 전무하였다.

오로지 용군주의 시계를 훔쳐본 무영만이 대강의 일을 알고 있었다.

어쨌거나 아르키사에 비하면 암흑룡 바르사는 어른과 아이 정도의 차이가 있었다.

그럼에도 엄청나게 강하다는 건 사실이지만 아르키사보다 약하다면 충분히 대처할 만하다.

무영은 아르키사를 직접 마주한 적이 있으므로 확신할 수 있었다.

'3년이다. 용군주와 마룡 아르키사를 관찰한 시간이.'

무영이 행한 모든 암살 중 가장 난이도가 높았던 게 그 둘을 죽이는 일이었다.

용군주와 마룡 아르키사의 행동거지 하나하나, 작은 습관까지도 알고 있었다.

과연 다른 용들에게 대입될지는 모르겠지만 해볼 만하다고 여겼다.

"용의 숨결은 오랜 시간 지속할 수 없다! 놈의 입에 계속해서 포를 쏟아 넣어라!"

쩡! 쩌저정!

눈 깜빡할 사이 열다섯 개가량의 마법진이 깨져 나갔다.

남은 숫자는 35개.

저게 모두 없어지기 전에 조금의 타격이라도 줘야 했다.

"주, 죽을 거야! 모두 죽을 거라고!"

성벽 위에 오른 드워프 하나가 몸을 부들부들 떨었다.

드워프의 숫자는 대략 이만사천.

무영이 아무리 훈련을 시켰어도 모두에게 효과가 있을 순 없었다.

저처럼 용에 대한 공포를 극복하지 못한 드워프도 있게 마련이었다.

마치 발악을 하듯 드워프 하나가 물을 흐렸다.

"도망가자! 응? 상식적으로 드워프가 용을 어떻게 이겨? 우리가 아무리 발악해 봤자 상대는 용이라고! 여태껏 바타스 님이 왜 안 싸웠겠어? 저 도깨비가 오고 모두 이상해진 거야. 용과 드워프는 태생부터가 다르단……!"

푹!

입에 검이 꽂혔다.

"꺼허허허허헉!"

쓰러진 드워프가 비명을 내지를 찰나, 무영은 조용히 성벽으로 뛰어올랐다.

촤아악!

그리고 드워프의 입에 꽂힌 검을 그대로 그어 머리통을 잘라냈다.

곧 수많은 악령이 드워프의 잘린 목을 통해 몸속으로 들어갔고.

퍼어엉!

터져 버렸다.

시체에서 터진 살점이 비산하며 주변에 흩뿌려졌다.

그 옆에선 무영은 괴기스럽기 짝이 없는 모습이었다.

'사기를 저하시킬 순 없다.'

전쟁 중엔 사기를 떨어뜨리는 아군의 목은 쳐야 한다.

그 이유가 무엇이든 간에.

무영을 바라보는 모든 드워프가 몸을 떨었다.

"용에게 죽는 것보다 내게 죽는 게 더욱 고통스러울 것이다. 그리고 도망치며 죽는 것보다 싸우다가 죽는 게 더욱 명예로운 일이다. 이 전쟁은 성전이다. 드워프와 용의 악연을 끊어낼 유일한 기회다. 이번에도 도망치려 하느냐?"

무영이 작게, 그러나 힘 있게 연설했다.

"영원히 노예로 살아갈 생각인가? 언제나 비겁자, 도망자로 남을 셈인가! 싸워라. 투쟁해라. 저들은 드워프를 무시하고 있다. 헤임달의 이름을 비웃고 있다. 도깨비인 나조차 알고 있는 사실이다! 이런데도 수백 년 만에 찾아온 기회마저 버리려는가!"

"젠장!"

"화살 더 가져와!"

"대형 석궁은 아직도 멀었어? 빨리 끌고 나와!"

"거기에 그거 박듯이 포를 놀리란 말이다! 포탄을 놈의 입에 처박으라고!"

드워프들은 열이 올랐다.

성전.

이름 그대로다.

이번에 지면 다음 기회는 없다.

모든 드워프가 그 사실을 알고 있었다.

도망간다고 해결될 일이 아니라는 걸.

이겨야 한다. 그래야만 산다.

분하지만 무영의 말은 모두 사실이었다.

이곳 마계에서 드워프의 입지는 좁다. 모든 종족이 드워프를 노예나 도망자로 여긴다. 그 악습을 철폐하지 않으면 미래는 어둡다.

'기름은 부어졌다.'

드워프들은 활활 타고 있었다.

과연 이 불길이 드워프들을 없애 버릴지 상대방마저 태워 버릴지는 지켜봐야 할 일이었다.

타칸이 뮤턴트들을 이끌고 이동했다.

데스나이트이며 악령 포식자인 타칸은 뮤턴트들에게 악령을 심어서 더욱 강화시킬 수 있었다.

플레임 뮤턴트는 불타르와 어벤져가 결합되며 만들어진 언데드이기에 적의 뒤를 치기엔 충분한 전력이었다.

'칼라, 놈이 튀어나오기 전 자리를 잡아야 한다.'

용 사냥은 타칸에게도 의미가 있는 일이었다.

아수라도에 존재하는 세 명의 군주.

그중 하나인 타칸이었으나 나머지 하나인 '칼라'가 머지않아 현세에 모습을 드러낼 터였다.

칼라는 타칸과 경쟁하는 군주였다.

둘의 사이는 극도로 좋지 않았으며 작은 거 하나로도 서로 증오하고 배 아파하는 관계였다.

타칸이 용을 먼저 사냥했다는 걸 알게 되면 칼라의 표정이 보기 좋게 변할 것이었다.

그 얼굴을 보기 위해서라도 용 사냥을 해낼 필요가 있었다.

나머지 한 명의 군주는……

'무영, 놈이 과연 그마저 깨울 수 있을까?'

타칸은 무영을 떠올렸다.

그러곤 고개를 저었다.

무영의 영혼은 누구보다 무겁고 알 수 없는 신비로 넘쳐 나지만 그렇다 해도 회의적이었다.

그는 세 군주 중 제일가는 자이며 억겁의 세월 동안 아수 라도에 봉인되어 있었다.

신의 노여움을 산 대가다.

자신이나 칼라와는 격이 다른 존재.

아무리 무영이라도 그의 봉인을 깰 수는 없을 것이다.

타칸은 혀를 찼다.

결국 부질없는 잡념이다.

지금은 암흑룡 바르사의 뒤를 칠 때였다.

스아악!

거대한 롱소드를 한 차례 휘둘렀다.

그러자 강렬한 풍압이 튀어 나가며 공중을 노닐던 와이번 의 날개 하나를 잘라냈다.

이어 타칸의 양옆으로 악령들이 모여들어 검은 날개의 형 상을 만들었다.

"가자."

수십의 뮤턴트와 켈베로스에게도 같은 날개가 만들어졌다.

오랜 시간 유지할 순 없을 테지만 애당초 오랫동안 싸울 생각도 없었다.

후웅!

좌르르륵!

켈베로스가 화염과 번개를 쏟아내는 걸 기점으로 사투가 시작되었다.

드워프가 세운 벽은 생각보다 탄탄했다.

바르사의 입장에서도 자존심이 상하는 일이었다.

하지만 용의 숨결을 무작정 유지할 수도 없었다.

크와아아아아아앙!

결국 숨결을 멈춘 바르사가 한 차례 울부짖었다.

그러나 포기할 생각은 전무했다.

바르사가 근처를 날아다니던 와이번을 발톱으로 낚아챘다.

콰드득! 꽈득!

이어 한 번에 입에 털어 넣곤 그대로 삼켜 버렸다.

용은 종류에 따라 한 가지씩 특색이 있는데 마룡이 어둠의 힘을 다룰 수 있다면 암흑룡은 생명력을 '흡수'할 수 있었다.

그리고 바르사는 그 흡수의 정도가 다른 암흑룡보다 뛰어난 편이었다.

콰릉! 콰르릉!

다수의 천둥박쥐마저 집어삼키자 바르사의 주변으로 검은색 번개가 휘몰아쳤다.

그렇다.

바르사는 집어삼킨 대상의 능력을 잠시간 복사할 수 있었다.

하물며 그 파괴력은 바르사의 힘에 비례하였다.

무영조차 전혀 생각하지 못한 변수.

드워프들도 제대로 알 수 없었던 바르사의 권능이었다.

후우우웅!

바르사가 다시금 숨결을 모았다.

그리고 뇌전의 힘과 함께 그대로 벽을 향해 쏟아부었다.

꽈르르르르릉!

무영은 눈썹을 찌푸렸다.

50개에 이르렀던 마법진 중 30개가 순식간에 파훼되었다.

단 한 차례, 바르사가 뇌전과 숨결을 함께 사용하자 그리 된 것이다.

'도시락이었군.'

무영은 바르사의 변화를 바로 알아차렸다.

그리고 왜 다수의 괴물과 함께 왔는지도.

저 괴물들 모두가 바르사의 도시락이었다.

암흑룡 특유의 기질을 발휘하고자 일부러 데려온 게 분명했다. 설마 흡수한 대상의 능력마저 복사할 줄은 몰랐지만 그래도 만능은 아니었다.

'동시에 두 가지 능력을 흡수하고 재현해 낼 순 없다.'

와이번은 의외로 바람이 아니라 땅의 속성을 지닌 괴물이다.

하지만 바르사에게서 발현된 건 번개 속성밖에 없었다.

한 가지 능력만을 복제할 수 있다는 소리다.

복제하지 않고 그저 숨결만을 토해내선 마법진을 순조롭게 파훼하지 못한다.

어찌해야 하는가…….

무영은 턱을 쓸었다.

지직! 지지직!

"앗 따거! 히잉. 갑자기 이게 왜 이러지?"

그때, 우히가 전신을 떨며 불평을 늘어놨다.

다름이 아니라 우히가 착용한 금속들이 묘한 반응을 일으키고 있었던 것이다.

어디서 구한 건지는 모르겠지만 금속에서 정전기가 주기적으로 발생하였다.

그것을 본 무영은 급히 고개를 돌렸다.

"당장 철제 기둥을 가져와라!"

그리고 근처의 드워프들에게 명했다.

드워프들이 일사분란하게 움직이며 창고에서 길이 2m가량의 철제 기둥 다수를 가져왔다.

그를 본 무영이 빠르게 다음 명령을 전했다.

"기둥을 성벽 위에 분산하여 세워두어라. 넓게 퍼뜨려 세워야 할 것이다."

"이걸 세워둔다고 의미가 있겠습니까?"

"설명할 시간이 없다. 서둘러라!"

무영이 노린 건 피뢰침이었다.

뇌전은 전도체인 금속에 반응할 수밖에 없고 여러 곳에 세워둔 피뢰침이 뇌전의 힘을 분산시킬 것이었다.

드워프들도 알고 있는 원리지만 전쟁통이라 정신이 없어서 깨닫지 못했을 뿐이다.

머지않아 피뢰침이 성벽 곳곳에 세워졌고 뇌전의 힘이 약해졌다.

"공격이 약해졌다!"

"기둥이 효과가 있어!"

드워프들의 기세가 다시 올랐다.

그러자 암흑룡도 이상함을 눈치채곤 잠시 숨결을 멈췄다.

'다른 괴물을 잡아먹을 작정이겠지.'

일단 뇌전 속성에 대한 방비는 끝났다.

하지만 아직 와이번이 가진 지 속성과 윈드 라이더가 가진 풍 속성이 남았다.

하나 두 가지 속성이 공통적으로 약한 부분이 있었다.

'지 속성과 풍 속성 모두 어둠 속성에 약하다.'

속성 간의 상관관계가 그러했다.

그리고 어둠이라면 무영이 가장 자신 있는 분야였다.

'진흙탕 싸움이 되겠군.'

마법진이 모두 깨지기 전에 바르사의 힘을 최대한 깎아놓는다.

그러기 위해선 진흙탕에도 들어갈 준비가 되어 있었다.

스릉!

검을 뽑았다.

이제 무영이 직접 활약할 차례였다.

용이 다루는 마법은 그 어느 것보다 순수하다.

그렇기에 속성의 우열에 있어서도 제법 확실한 편이었다.

무영은 성벽 위로 올라 수천의 망령 전부를 주변에 둘렀다.

검은 안개가 낀 것처럼 무영의 전신이 새까맣기 그지없었다.

'불멸왕의 흉갑으로 마법 저항 200을 넘기지 못했다면 시도조차 안 했을 일이나…….'

200을 넘긴 지금이라면 약간의 대처 정도는 할 수 있을 것이었다.

무영은 여기에 '절대자의 영역'을 선포했다.

주변 마력이 흐트러지고 무영을 중심으로 모든 공격이 약화되었다.

이후 무영은 바르사를 정면으로 바라보며 망령을 쌓고 또 쌓았다.

더욱 두껍게, 더욱 단단하게!

〈스킬 '망혼벽ⓒ'이 생성되었습니다.〉

〈망령으로 쌓아올린 벽은 매우 높은 내구와 물리 저항, 마법 저항을 갖습니다.〉

〈망령의 숫자, 그리고 지능과 망혼력에 큰 영향을 받습니다.〉

스킬 생성!

꽤 오랫동안 망령을 다뤘기 때문일까.

아니면 특수한 행동을 취해서일까.

하여간 이런 식으로 스킬이 생성되는 경우는 적었다.

게다가 생성된 즉시 C랭크 판정을 받았다.

'오기조원의 효과.'

무영은 고개를 끄덕였다.

순수. 오기조원으로 말미암아 무영이 가진 기본 스킬 모두가 C랭크로 올라간 바가 있었다.

무엇보다 평범한 사람은 스킬 하나를 얻는 데 평균 3년이 걸린다고 말한다.

무한정 반복하고 연구해야 겨우 관련 스킬을 얻는 것이다.

그에 비하면 무영은 양반이었다. 의도치 않았음에도 당연한 것처럼 받아들였다.

곧 망령으로 이루어진 안개가 튼실한 벽이 되어 앞을 가로막았다.

"저, 저게 뭐야?"

"소름이 다 끼치는군."

거무튀튀한 벽엔 온갖 얼굴이 당장에라도 튀어나올 것처럼 입을 벌리고 있는데, 그 모습이 괴기하기 그지없었다.

드워프들은 보는 순간 몸을 떨어댔다.

확실히 눈에 띄는 스킬이었다.

「바타스를 내놓아라. 그리하면 살려주마.」

불현듯 머릿속으로 목소리가 들려왔다.

'바르사.'

무영은 즉시 머릿속의 존재가 바르사임을 알아차렸다.

아마도 마법진이 몇 개 남지 않아 심상의 전달이 가능해진

것이리라.

「너희에게 승기는 없다. 문을 열고 나를 받아들여라. 바타

스 하나의 목숨으로 너희 모두 살 수 있다.」

"교묘한 거짓말에 속지 마라!"

무영은 곧장 외쳤다.

바르사의 심상은 마음을 울렸다.

용의 존재감이 고스란히 전달된 탓이다.

용언.

용이 하는 말엔 무게가 실린다.

강제적인 명령을 머릿속에 심어버린다.

그렇다고 그게 모두 진실은 아니었다.

바타스를 넘긴대도 바르사는 다른 드워프를 살려두지 않을 것이다.

설혹 살려둔들 노예처럼 부려먹고 죽기 직전까지 고사시키겠지.

"용이 하는 말에 귀를 기울이지 말라."

웅성대는 드워프들을 향해 무영이 재차 말했다.

"이제 와서 바르사가 왜 교섭을 하겠는가! 힘이 부치기 때문이다. 드워프의 저항이 생각보다 거세서! 하는 수 없이 미끼를 던지는 것이다. 그간 용이 제대로 된 교섭을 하는 걸 본 적이 있나? 거의 다 왔다!"

바르사는 당황하고 있었다. 무영은 알 수 있었다.

말마따나 힘이 충분했다면 이따위 교섭을 내걸 리 없다.

처음 공격했던 것처럼 문답무용으로 깨부쉈을 터였다.

하지만 노선을 바꿨다. 드워프들이 문을 열도록 용언마저 섞어서 심상을 전달한 것이다.

허세다.

이는 바르사의 입장에선 매우 자존심이 상하는 일.

한데 그마저 통하지 않았으니 다음 행동이 눈에 선명하게 보였다.

「어리석은 놈들. 죽음을 자초하는구나!」

콰우우우우우!

바르사가 입을 크게 벌렸다. 가공할 힘이 입으로 몰리며 천지가 요동치기 시작했다.

무영은 망혼벽을 더욱 높게 세웠다.

단판 승부.

이 한 번만 막아내면 된다.

아무리 '흡수'가 가능하대도 한계는 있다.

무한정하지 않았다.

마롱 아르키사조차 그랬다. 무한할 것만 같았던 암흑 마기가 어느 기점으로 소모되어 도망칠 수밖에 없었다.

쉬이이이이익—!

퍽!

그때, 어디선가 롱소드 한 자루가 날아왔다. 그러곤 살을 파고들어 정확히 목덜미 근처에 박혔다.

용의 가죽에 상처를 입힐 수 있는 자. 무기를 던져서 그게 가능한 자는 적다.

무영은 저 너머에서 마치 악마처럼 검은 날개를 펄럭이며 의기양양해하는 타칸을 바라봤다.

도움이 되었냐는 듯.

'도움이 됐다.'

무영은 무언으로 답하며 모든 힘을 집중했다.

곧 용의 숨결이 마법진과 망혼벽에 닿았다.

콰르르르르르릉!

쩌정! 쩌저정!

마법진이 모두 깨졌다.

망혹벽이 거칠게 흔들렸다.

무영은 이를 악물었다.

이가 부러지고 손톱이 깨져 나갔다.

망혹벽을 세운 양손과 어깨가 붉게 달아올랐다.

하지만, 생각보다 버틸 만하다.

타칸으로 말미암아 바르사의 집중력이 저하됐고 그 덕에 파괴력이 크게 손상됐기 때문이다.

망혼벽을 뚫기 어렵다고 판단한 바르사가 숨결을 멈췄다.

크와아아아앙!

동시에, 울부짖었다.

자기 마음대로 되는 게 하나도 없으니 열통이 터져 버린 것이다.

「다, 죽여 버리겠다!」

무영은 미소를 지었다.

바르사의 공격을 직접 막아냈다. 과정이 어떻던 이 사실 하나면 충분하다.

"믿기지가 않는군."

"내, 내가 잘못 본 건 아니겠지?"

"용의 숨결을 혼자서 막아냈다고?"

다소 과장이 있지만 굳이 해명하진 않았다.

대신 무영은 대포가 터지듯 크게 외쳤다.

"무기를 들어라! 놈의 힘이 다했다!"

마법진이 전부 깨졌다.

여기서 손만 빨고 있으면 당하는 건 매한가지다.

힘이 다했다한들 용은 용이기 때문이다.

하나, 무영은 몸소 이길 수 있다는 걸 보여줬고 거기서 드워프들은 희망을 느꼈다.

창! 차앙!

각자 방패와 무기를 들었다.

"그래. 우리에겐 무영 님이 있다."

"할 수 있어. 할 수 있다고!"

무영의 존재가 급부상된 순간이었다.

굳은 얼굴로 뛰쳐나갈 준비를 했다.

이에, 무영이 다시금 입을 열었다.

"반격의 시작이다!"

부아아아아앙-!

나팔이 울렸다.

진정한 성전이 시작되었다.

〈남은 아군의 숫자를 나타냅니다.〉

〈드워프 15,648명〉

〈남은 적군의 숫자를 나타냅니다.〉

〈암흑룡 바르사, 와이번 217마리, 윈드 라이더 357마리, 천둥박쥐 554마리〉

거의 만 명에 달하는 사상자가 나왔다.

적의 규모 역시 절반 이상으로 줄어들었다.

그리고 무영은 전장을 지배하고 있었다.

모든 패를 꺼내 바르사의 발목을 잡았다.

플레임 뮤턴트, 검은 태양 전사, 하이데거, 그리고 타칸과 켈베로스…… 그리고 지옥마까지!

'너의 최대 천적은 언데드지.'

암흑룡 바르사의 최대 특기는 흡수다. 생명력을 흡수하여 체력을 회복하고 자신의 힘으로 삼는 것이다.

하지만 언데드는 이미 죽은 생명체다.

생명력이라곤 눈곱만큼도 없는 대상에게서 무슨 생명력을 흡수한단 말인가?

바르사의 최대 천적은 언데드고, 무영이었다.

크와아아앙!

바르사가 거대한 날개로 주변을 후려쳤다.

그럴 때마다 온갖 망령과 악령들, 그리고 언데드가 달라붙어 움직임을 제한했다.

조급함을 느낀 바르사가 언데드를 집어삼켜 봤지만 무용지물이었다.

조금씩 전장을 이탈해 지금 바르사는 홀로 떨어져 무영과 대결을 펼치고 있었다.

한마디로 주변에 잡아먹을 생명체라곤 하나도 없다는 뜻.

암흑룡은 기초 체력이 높은 편이 아니다.

용은 최강의 종족이고 '흡수'라는 사기적인 스킬이 있는데 굳이 기본기를 닦을 필요가 없었다.

그저 흡수하면 상대가 가진 모든 걸 더욱 강력하게 발휘할 수 있는 게 암흑룡이니.

그리고 지금 그 오만이 바르사의 발목을 잡았다.

크와아아아앙!

바르사가 날개를 크게 펄럭였다.

이대로는 승산이 없다고 판단한 것이다.

하지만 무영도 온전하진 못했다.

이미 수백의 언데드가 박살 난 상태.

"가라."

무영이 명하자 검은 태양 전사가 움직였다.

아니, 모든 언데드가 바르사의 등 뒤로 올라탔다.

무영 역시 마찬가지였다.

'시간을 끌어야 한다.'

여기까진 계획대로다.

문제는 앞으로 30초를 더 버티는 것.

이 장소로 마룡살상포가 발사될 예정이었다.

그러니 이 주변을 벗어나지 못하게 바르사를 붙잡고 발사되는 마룡살상포를 피해야만 했다.

크라와아아아앙!

바르사가 마지막 숨결을 마구 쏘아댔다.

날개를 펄럭일 때마다 수십의 언데드가 바닥으로 추락했으며 숨결에 닿은 모든 게 파괴되었다.

무영은 이를 악물고 검을 놀렸다.

'버텨야 한다.'

이 한 방에 모든 걸 걸었다. 실패하면 다음은 없다.

대부분의 전력을 잃고 바르사가 공격해 오는 걸 손가락이나 빨면서 기다려야 할 터다.

용은 복수심이 강한 종족. 결코 무영을 놔둘 리 없다.

콰르르릉!

지옥마가 옆에서 발길질을 할 때마다 검은 벼락이 내리쳤다.

바르사는 입을 벌려 지옥마를 잡아먹고자 했으나 움직임에 제약을 받는 상태에선 불가능한 일이다.

지옥마는 잘 해주고 있었다.

두 번째 부탁을 사용한 가치가 충분히 있었다.

25초, 26초, 27초…….

'지금!'

이윽고 정확히 30초를 센 무영이 저 멀리서 빛이 다가오는 걸 바라보며 바르사의 등을 박찼다.

언데드들도 무영의 심상을 전달받곤 그대로 뛰어내렸다.

그러나 모두 뛰어내리진 못했다. 절반가량의 언데드가 바르사와 함께 작렬하는 빛의 광선을 맞이했다.

쏴아아아아아아아아아!

강렬한 빛이 순식간에 영역 자체를 좀먹었다.

빛이 휩쓸고 지나가자 하늘에 구멍이 뚫리며 가로막는 모든 걸 없애 버렸다.

천하의 암흑룡 바르사라도 그 빛을 감당할 수는 없었다.

빛이 휩쓸고 지나간 자리엔 아무것도 남지 않았다. 용의 가죽도, 뼈도, 수많은 언데드도 증발하듯 사라진 것이다.

남은 건 고요한 정적뿐이었다.

지상에 낙하한 무영이 왼손을 바라봤다.

'타버렸군.'

정확히 왼쪽 팔꿈치까지 손이 사라져 있었다. 오로지 탄 냄새만 자욱했다.

마룡살상포의 영역을 완전히 벗어날 순 없던 모양이다. 고통도 느껴지지 않는 걸 보면 신경마저 바스라진 것 같았다.

무영은 눈살을 찌푸렸다.

툭!

그 순간, 눈앞으로 무언가가 떨어졌다.

두근! 두근!

떨어진 그것은 거세게 뛰며 자신의 생명력을 드러내고 있었다.

그것을 본 무영은 전율할 수밖에 없었다.

순수를 깨달은 무영은 눈앞의 물건이 얼마나 지고지순한 힘을 품고 있는지 단번에 파악했다.

용의 모든 게 파괴된 시점에서 이 하나는 남은 것이다.

'용의 심장!'

바로 용의 심장이었다.

무영의 심장 역시 거세게 뛰었다. 구하기가 불가능하다 전해진 물건. 불사조의 심장에 버금가는, 어쩌면 그보다 더한 힘을 지닌 게 바로 이것이었다.

용은 죽기 전 자신의 심장을 스스로 파괴한다.

누군가에게 이용당하는 걸 극도로 싫어하는 성격이고 자신의 심장이 가진 값어치를 누구보다 잘 알기 때문이다.

하지만 바르사는 미처 대비할 시간마저 없었다.

빛을 깨달은 순간 이미 늦었다.

무영도 조금만 더 늦었으면 전신이 바스라질 뻔했다.

왼손만 잃은 게 천운이었다.

하지만 마룡살상포조차 이 지고지순한 힘을 없앨 순 없던 듯싶었다.

하!

무영은 헛웃음을 흘렸다.

하나를 잃으면 하나를 얻는다더니.

용의 심장을 얻고 강해진 영웅의 이야기는 많았다. 평범한 사람조차 백 명분의 힘을 얻게 하는 것이 바로 용의 심장이었다.

때문에 모두가 탐욕적으로 노리는 물건이며 이 심장 하나로 인해 전쟁이 벌어지는 일도 빈번했다.

그것이 지금 무영의 앞에 있는 것이다.

용의 심장을 바라보는 무영의 눈에 이채가 새겨졌다.

to be continued

레벨업 어게인

LEVEL UP AGAIN

잘은 모르겠지만 과거로 돌아왔다.

최단 기간, 최고 속도 레벨 업, 노블레스 등급 클리어.
생각지 못했던 행운들에 시스템상 주어지는 위대한 이름,
앰플러스 네임까지.

모든 게 좋았다.
사랑했던 여자도 이젠 지킬 수 있을 것 같았다.

[앰플러스 네임 '빛의 성웅'이 성립됩니다.]

그런데 뭐냐. 이 요상한 이름은……?
나 그런거 아닌데. 아 진짜. 아니라니까요.

Wi Bo